ATTENTE SUR LA MER

Du même auteur

L'Ange d'Avrigue
traduit par Philippe Renard
Verdier, coll. « Terra d'Altri », 1990

Vent largue
traduit par Bernard Simeone
Verdier, coll. « Terra d'Altri », 1993

FRANCESCO BIAMONTI

ATTENTE SUR LA MER

roman

TRADUIT DE L'ITALIEN
PAR FRANÇOIS MASPERO

ÉDITIONS DU SEUIL
*27, rue Jacob, Paris VIe*

Titre original : *Attesa sul mare*
Éditeur original : Giulio Einaudi editore s.p.a., Turin
ISBN original : 88-06-13499-X

ISBN 2-02-023104-2

Chapitre premier

Le car le laissa en bas de Pietrabruna. Ses deux compagnons de voyage disparus derrière le tournant, il posa la valise sur le parapet et s'arrêta pour regarder. On voyait des éboulements accrochés à la colline et des oliveraies dans des combes lumineuses. C'était un temps de lumière marine. Soudée aux sommets, aux crêtes, jusqu'à Pietrabruna.

« Comment savoir si elle est calme, nerveuse, ou malheureuse, comment savoir dans quel état est Clara... » Quand il l'avait quittée, une ombre de mélancolie parcourait son front, ses yeux pailletés de soleil.

Il prit la valise et commença de monter tristement. Maintenant, la lumière faisait voile vers les montagnes. Un coup de vent, certainement.

Il était enfin sur le chemin de chez lui. Il reconnaissait le murmure de la terre escarpée, pareil à celui qui revenait dans sa mémoire, quand il était de l'autre côté des mers.

– Tu débarques ? lui demanda Luca, assis sur le bord, entre des genêts qui répandaient une odeur douceâtre.

– Ça ne te fait pas plaisir de me voir ?

– Je suis bien content. Les gens qui s'en vont sont

plus nombreux que ceux qui reviennent. Je t'aide à porter ta valise ?

– Tu es plus âgé que moi, je ne veux pas abuser.

– J'ai l'habitude de porter des poids.

– Ce n'est pas une raison. Je ne sais pas pourquoi le car m'a laissé en bas.

– La route est étroite et, plus haut, il y a un éboulement.

– Il a plu tant que ça ?

– Tu parles : pas une goutte ! Mais ça s'éboule quand même. Tout le pays est sur un éboulis. Tu ne t'assieds pas ?

Edoardo regarda en haut : le village semblait endormi. Il recevait le soleil de biais. Le vent avait dû tomber depuis peu. Les papillons montaient de la poussière avec délicatesse.

– Comment était ton bateau ? Il était beau ?

– Tu ne me croiras pas, mais il était couleur de boue.

– Non, je ne te crois pas, dit Luca. – Il rit. – Un bateau couleur de boue, je n'ai jamais vu ça. Des pays de boue, oui.

– De loin, il pouvait prendre d'autres couleurs, toutes les nuances de l'or.

– Tu vois, tu changes d'idée. Depuis ma jeunesse, j'ai toujours rêvé de naviguer. Aujourd'hui encore, je voyagerais bien. Je pourrais être utile ?

– Bien sûr que tu pourrais. Mais c'est un métier de peu, dit Edoardo.

Et il regarda les terrasses, sur lesquelles planaient d'amples cirrus.

– Nous avons déjà trop parlé de nous, parlons du village.

– Il n'y a pas grand-chose à dire. Il est toujours pareil.

– C'est presque trop beau, par les temps qui courent.

– Parlons plutôt de la mer.

– Le hameau de La Palma existe toujours ?

– Le hameau existe, mais le palmier a été cassé par le vent, une nuit de mars.

– Il est toujours habité ?

– Toujours par les mêmes. Mais tu devrais le savoir. Au fond, tu n'as pas été absent si longtemps. Quelques années...

– Je passais rapidement. Je ne connais pratiquement plus personne.

– Qu'est-ce que tu veux savoir ?

Edoardo ne répondit pas. Il regardait un assemblage fragile : un papillon sur une fleur ondoyante.

Le soir, il pensa à ce hameau, à son aire, au jardin, à Clara qui y habitait. « Je la verrai demain, ou après-demain, ou un autre jour. » Le bleu disparaissait, derrière les pics.

Il n'avait pas envie de sortir. Il restait à la fenêtre et regardait : le ciel se détachait des collines à mesure qu'il s'obscurcissait, la mer n'en finissait pas de rapetisser, lueur lointaine et tremblante.

Au matin, il alla l'attendre. Le tronc du palmier était là, et la glycine, et le mur plein de soleil. Il ne la vit pas passer.

Il arriva au café, s'assit sur la terrasse. La mer était haute à l'horizon. Brillant entre les rochers, elle venait au rivage en silence. Sa lumière frappait les collines puis remontait leurs pentes.

Il chercha un téléphone, composa le numéro du musée

où elle travaillait. Il entendit une voix, un « Oui ! » murmuré et suspendu.

– C'est moi, Edoardo, je suis de retour.

– Je suis tellement contente. – Elle se reprit tout de suite. – Où es-tu ?

– A Pietrabruna.

– Tu peux descendre ? Tu es fatigué ? – La voix se faisait inquiète. – Mais non, attends-moi. Je monterai à midi. Tu peux m'attendre ?

– Je ne suis venu que pour ça.

Il fit un long détour pour rentrer chez lui. (Il habitait de l'autre côté du village, au-delà de l'église du XVIIe siècle, quasi espagnole.) Il entra dans le bois, par le nord.

Sur le versant silencieux flambait l'or des bruyères arborescentes.

Au sol, d'autres bruyères, herbacées, faisaient des plaques violettes. Plus loin s'élevaient des terques, rochers isolés qui semblaient dormir et où étaient posés des corbeaux, entourés de romarins sereins. On voyait de nouveau la mer.

A midi, Clara arriva et vit les bruyères.

– Où les as-tu cueillies ?

– En bas de Pietrabruna, sur l'autre versant.

– Or et violet : celles que je préfère.

– Je le savais.

– Ça dépend aussi des jours.

Elle rassembla les branches et les tiges sur la table, fit un beau bouquet.

Chez elle, tout dépendait des jours : la joie, la douleur, les choses les plus futiles et les plus intimes.

– On va manger dehors ?

– Tu as faim ?
– Pas tellement.
– Alors restons ici.

Elle prit le vase avec le bouquet qu'elle venait de composer, le souleva à deux mains, le posa sur la crédence. Maintenant les bruyères brisaient la pleine lumière de midi.

– Quand es-tu arrivé ?
– Hier, dit Edoardo.

Il avait pensé à elle toute la soirée dans un tourbillon de souvenirs.

– Pourquoi ne m'as-tu pas fait signe ? Je n'en pouvais plus de ne pas te voir. Depuis quelque temps, t'attendre est une vraie souffrance.

– Je dois probablement repartir. – Il vit ses yeux se durcir. – Accorde-moi encore un peu de temps. Après, j'arrêterai.

Elle se donna sans un mot. Les paupières encore fermées, elle lui demanda s'il voulait qu'elle en cherche un autre. Des taches de lumière pleuvaient sur elle, doraient une jambe pliée et un bras posé sur le sein. « Regarde-la, se dit-il, regarde-la bien dans cette lumière qui la cherche, dans son abandon. Et souviens-toi d'elle. » Puis elle se leva. Le flamboiement descendait de ses cheveux le long de son échine. Elle alla se rhabiller dans un coin, dans une mosaïque d'ombre.

– Au revoir, dit-elle. Si tu ne veux pas me perdre, tu sais ce qu'il faut faire.

Chapitre deuxième

Il retourna au café. Sur la terrasse, il regarda de nouveau la mer, haute sous le ciel sec. L'envie lui venait de rester au soleil, immobile comme un lézard dans la poussière de la route. Ne pas repartir pour ce bleu aux confins abrupts.

La femme qui lui avait servi son café revint.

– Belle journée !

Elle avait l'accent anglais.

– Oui, presque trop.

– C'est la première fois que vous venez à Pietrabruna ?

– J'y suis né.

– Je ne vous ai jamais vu.

– Je naviguais.

– J'ai un frère dans la marine. En Angleterre, dans la marine de guerre.

– Et vous, d'Angleterre, vous avez atterri ici, sur ces éboulis ?

– Mon mari est de Pietrabruna, je l'ai connu à Jersey.

Des feuilles de chêne vert tombèrent sur ses épaules. Elle les enleva et les posa dans la tasse qu'elle avait prise sur la table.

– Dans la marine de guerre... dit-il, comme pour lui-même. C'est une bien belle chose... Madame, je peux téléphoner ?

– Téléphonez tant que vous voulez.

Il entra et appela François le Toulonnais.

Un « Allô ! » sec.

– C'est toi, François ? Tu te souviens de moi ? Je suis Edoardo de Pietrabruna.

– Comme si je t'avais vu hier... Combien d'années avons-nous navigué ensemble ?

– Huit ou neuf.

– Au moins. Il y avait aussi Kerber. Tu sais qu'il est mort les bottes aux pieds ?

– Écoute, François, je cherche un embarquement.

– Qui t'a donné mon numéro ?

– Toi-même, il y a trois ans, sur le port de Toulon.

– C'est vrai, je me rappelle... Tu as besoin de te faire de l'argent...

– Deux ou trois voyages, pour en mettre un peu de côté, quelques mois, pas des années... sur n'importe quel rafiot.

– Pour toi, il y a toujours un rafiot... On t'écoute ?

– Sois tranquille.

– Il faut que je pense à la cargaison... Tu as un téléphone ?... Non ?... Alors rappelle-moi dans quelques jours ou viens me voir. Adieu, *mon vieux*.

Il remit dans son portefeuille l'adresse de son camarade d'autrefois. Il n'avait jamais pensé qu'il s'en servirait pour terminer sa carrière et en était humilié. Il sortit du café, traversa le village en pensant à sa vie : des années envolées sur la mer, d'un bateau à l'autre, une errance continuelle... pour amener finalement les voiles au crépuscule...

Il quitta les ruelles, longea un muret écroulé pour suivre une route qui s'ouvrait vers l'occident. En bas, le dernier bleu pâlissait, trouée diaphane dans un ciel incandescent.

Sur le seuil de sa maison, il trouva Clara.

– Il y a longtemps que tu es là ?

– Pas très.

– Je te remercie d'être revenue.

– Je voulais te revoir.

Ils entrèrent, s'assirent à la table. Elle appuyait son visage sur une main.

– Cette histoire doit finir, dit-elle.

– Je ne voudrais pas qu'elle finisse…

– Fais quelque chose pour qu'elle continue. Tu as pris l'habitude de me réduire à un rêve. Moi non. Cherche un travail à terre.

– Rêver, c'est réduire ?

– Pour moi, oui.

– Pour moi aussi, maintenant. Je ne suis plus en âge de naviguer. Je cherche un travail de courte durée : un cargo pour un ou deux voyages.

La fenêtre se remplissait d'étoiles.

Dans la nuit on entendait la brise sur les oliviers et les rochers.

Dans le rayon d'une lampe, elle était douce et mince. Elle voulait être regardée et prise… Ses yeux étaient dilatés, d'un bleu léger.

Au matin, elle dit qu'elle se sentait rejetée.

– Tu ne me fais pas confiance, tu ne veux pas me mettre à l'épreuve.

– Encore un an à travailler dur.

Elle baissa la tête dans le soleil.

Chapitre troisième

Il laissa la voiture sur un promontoire entre deux rades argentées. Il marcha, avec une impression de grands espaces. Les hauteurs de Toulon étaient survolées par le vent et la lumière. Malgré leur taille, elles ne défiaient pas le ciel.

L'adresse était bonne : boulevard Grignan. Sur une porte vitrée encadrée de noir, il lut en grosses lettres : *AGENCE MARITIME*. Il entra en ôtant son béret.

François était assis sur un fauteuil pivotant, la tête contre un vaisseau miniature. Il scrutait Edoardo et semblait ne pas le reconnaître. Mais, bien vite, il hocha la tête :

– Tu es toujours le même, exactement comme quand on naviguait ensemble.

– Ça me fait plaisir de te voir. Je suis venu... j'étais pressé. La faim fait sortir le loup du bois.

– Embrassons-nous ! dit l'autre. – Et il contourna la table sur laquelle était posé le vaisseau. – Qu'est-ce que tu bois ?

– Ce que tu auras sous la main.

Des rades venaient des reflets argentés qui se posaient sur les murs nus.

Il se retourna, prit une bouteille de pastis sur un petit meuble.

– Alors comme ça, tu veux terminer en beauté ? Pourquoi n'y as-tu pas pensé plus tôt ?

– Le ver rongeur de l'âge. J'en ai assez de la routine.

– Il y en a beaucoup à qui ça réussit, mais beaucoup aussi pour qui ça tourne mal. Pourquoi n'attends-tu pas la retraite ?

– J'ai toujours navigué à droite et à gauche, sur des compagnies qui ne se mettaient pas en règle.

Il se rendit compte que François l'observait ; il se sentait un peu humilié, même s'il y avait, dans ces yeux noirs, un fond d'affection. Ou peut-être seulement de la curiosité.

– Tu étais un bon capitaine, on a besoin de gens comme toi, corrects même dans l'aventure. Mais pourquoi ? Tu n'as jamais couru après le fric, je ne t'en ai jamais entendu parler.

– On change, dans la vie.

– Tu as des dettes ?

– Des dettes, non.

– Alors une femme ?... Belle ?

Presque involontairement, Edoardo fit un signe affirmatif. L'autre continua :

– Fini le temps où on se contentait des femmes dans les ports.

– Celles-là, on s'en détache facilement. Elles ne viennent pas sur le quai, le jour du départ.

– Ami, je veux parler clair : le bateau existe, il est à Saint-Malo. Tu iras le prendre là-bas. C'est la cargaison qui n'est pas prête. Je suis en train de traiter avec la Légion.

François emmena Edoardo chez lui, sur les hauteurs.

– Ma femme va bientôt arriver, et elle nous préparera quelque chose.

– Je pouvais m'en aller. Pourquoi veux-tu la déranger ?

La maison dominait Toulon. Elle était entourée de pins, d'où tombaient en permanence des nuages de pollen. Les romarins pliaient sous le vent. A l'intérieur régnaient ordre et propreté, marque d'une main féminine.

– Tu penses que les choses iront bien pour moi ? demanda Edoardo.

– Demain, je vais au *Domaine Capitaine Danjou*. C'est là que je dois conclure l'affaire pour la cargaison. Ça serait peut-être mieux que tu viennes avec moi.

– Pour quoi faire ?

– Tu ne perdras rien à ce qu'ils fassent ta connaissance.

La porte s'ouvrit. Une femme grande et brune entra.

– Annick. Edoardo, présenta brièvement François.

Elle était sèche et pâle, une *Vierge en bois*.

– J'ai entendu parler de vous très souvent, par mon mari et par Kerber.

– Elle est bretonne, elle aussi, dit François, elle s'entendait bien avec Kerber, je veux dire qu'ils avaient de la sympathie l'un pour l'autre.

– Il est venu ici avant son dernier voyage.

La situation devenait plus claire pour Edoardo.

– Lui aussi s'était mis à travailler pour toi. Et il est de ceux pour qui ça a mal tourné.

– Une mine dans le golfe Persique... Il a choisi le moment le plus dur. Aujourd'hui, on joue sur du velours.

– Du velours, je ne dirais pas ça... J'espère quand même que j'aurai de la chance, je prierai l'âme de Nelson.

– Si Nelson devait toujours intervenir…

– Il ne reposerait jamais en paix, compléta Edoardo. Il pensait au cadavre de Kerber, ballotté par les courants, voyageant vers d'autres mers. Toutes les paroles qu'ils avaient échangées, le soir, sur le pont, le vent les emportait. Il murmura quelque chose à propos du naufrage.

La femme avait posé sa main sur celle de son mari. Beau couple, réuni par le sort : lui solide, massif, elle fine et élégante. Le poudroiement lumineux qui tombait des pins se détachait sur le miroitement de la rade, venait battre contre les vitres.

– Vous étiez de grands amis, dit-elle. Combien d'années avez-vous navigué ensemble ?

– Sur la mer le temps compte triple.

– Je devrais être jalouse.

– De quoi, madame ? Personne ne peut être jaloux de la mer.

Ils passèrent à la cuisine. Elle était blanche et nette, très accueillante. Il pensa aux cuisines noires de suie et aux braises dans les foyers.

– Vous êtes inquiet ? demanda la femme.

– Pour ce que j'ai à perdre !

– Tu es dans les conditions idéales, intervint François. Expérience et nécessité.

– Oui, je suis descendu au bas de l'échelle de l'humanité. Vous êtes les derniers seigneurs. Ce n'est pas pour vous offenser, je dis les derniers, car après, qui sait ce qui viendra.

– La vie est devenue comme ça, aujourd'hui.

– Si je réussis à travailler pour toi, elle changera aussi pour moi.

Une nouvelle bouffée de douceur l'écrasa. Le rai de

soleil sur les rades, la senteur du romarin, le pollen sur les vitres avec ses dessins dorés. « Je n'y arriverai pas. »

Chapitre quatrième

Le soleil allumait des feux sur les toits de Pietrabruna. Clara ouvrit la barrière et s'arrêta. Enveloppée par la lumière qui effleurait les éboulis et les oliviers à flanc de montagne.

Edoardo vint à sa rencontre.

– Aujourd'hui les montagnes sont bleues, dit-elle. Nous pourrons rester dehors.

Ils marchèrent sur les veines rocheuses. Terres sèches d'amandiers, érodées par le soleil et le vent. Le morceau de mer, vers où descendaient routes et sentiers, donnait le vertige.

– Je suis déjà venue, mais je ne t'ai pas trouvé.

– J'étais à Toulon.

– Tu vas rembarquer ? Si tu as pris ta décision, je ne veux pas te tourmenter, ce n'est plus le moment.

Ils s'assirent sous un amandier. La brise tournait. Elle était marine. Son bruissement était différent. Les rochers gris se fleurissaient de blanc, comme pour marquer le changement de temps.

– Tu connais le jour de ton départ, et tu sais où tu vas ?

– Je ne sais rien encore. Je sais seulement que le voyage sera court.

Peut-être le plus court, pensait-il, dans le triste défilé de navires qu'était encore sa vie. Il caressa ses cheveux, denses comme le miel, le front sculpté. Elle s'allongea sur les touffes brûlées par le soleil, le visage vers le ciel pur.

– Qu'est-ce que tu fais là, dans ces pierres ? Je te le dis à toi, mais je devrais me le dire aussi à moi-même. Encore que moi, au moins, j'ai mes ruches derrière la colline.

– Au nord ?

– Nous sommes au début de la bonne saison. En automne, je les transporte sur le versant maritime.

L'homme qui lui parlait, en l'observant affectueusement de ses yeux marron et en passant la main dans sa barbe grise, l'avait reconnu tout de suite. « Tu es Edoardo, lui avait-il dit, ou alors vous vous ressemblez comme deux gouttes d'eau. J'espère que tu me reconnais encore. » Combien de temps était passé depuis leur dernière rencontre... La nuit... maintenant il se souvenait... une nuit étoilée, sur les hauteurs de Boscomare.

– C'est dur, ton travail ?

– Non, mais on gagne peu. Je déplace les ruches, pour suivre le thym, la lavande, le romarin ; j'ai du temps pour lire, pour penser. Et toi ? Tu as renoncé à naviguer ?

– J'arrive à un âge où je devrais renoncer.

– Tu n'es pas vieux.

– J'aimerais prendre ma retraite. Avoir moi aussi des abeilles dans les thyms.

– Pourquoi me fais-tu marcher ?

– Je suis sincère.

Devant le café, des ombres sévères passaient sous

la coupole du chêne ; le soleil brillait sur les pierriers. Soleil et vent léger y favorisaient la floraison.

– Aujourd'hui les abeilles peuvent bien travailler, dit Edoardo.

– Je vais les voir. Tu veux venir ?

Ils allèrent derrière Boscomare, passèrent les bruyères, puis les rochers où s'accrochaient les romarins. Un va-et-vient d'abeilles traçait des pointillés dans l'air limpide. Les ruches étaient alignées sur un éperon.

– Écoute cette musique ! dit Giovanni. – Et de la main, il accompagnait leur vol dans le vent. – Elles vont en haut et redescendent chargées. Si les fleurs étaient en bas, elles peineraient beaucoup, elles vivraient moins longtemps.

– Alors tout va bien ?

– Si tu veux, nous pouvons rentrer.

Le sentier était étroit, avec des passages glissants sur les aiguilles de pin, et des dos de roche qui affleuraient. Edoardo pensait à son ami, qui le suivait, à la nuit où ils s'étaient rencontrés. Il ne se souvenait pas de ce qu'ils s'étaient dit ; mais cela devait être quelque chose d'important, puisque cette nuit était restée gravée en lui. Tôt ou tard, cela lui reviendrait en mémoire. En s'acharnant, on obtenait l'effet contraire.

Sur le chemin muletier, ils marchèrent côte à côte.

– Je retourne au café. On s'y voit demain ?

– Je vais aussi au café. Je dois téléphoner. Je te remercie pour la promenade.

– Je t'ai fatigué pour rien. Toi qui as fait le tour du monde...

Dans les ruelles du village il n'y avait pas âme qui vive, seulement le vent qui apportait des bouffées de lentisque. Ils entrèrent dans le café. La femme anglaise, face à la baie vitrée, jouait de la guitare dans la lumière du haut ciel venteux.

– Madame, excusez-moi de vous déranger : je peux téléphoner ?

La femme fit un signe d'assentiment et continua de jouer.

– Je donne un coup de téléphone à Toulon et je reviens, dit Edoardo à mi-voix. Attends-moi une minute.

En revenant, il dit comme pour lui-même :

– Encore rien de Toulon.

Giovanni le regardait fixement, avec un sourire mélancolique.

– C'est cette musique qui te rend triste ?

– Je pense à Toulon.

– C'est là que j'attends un embarquement.

– J'y pense presque tous les soirs. Emmène-moi avec toi, quand tu iras. Peut-être que tous ceux que j'y ai connus sont morts.

– Qui as-tu connu ?

Giovanni ouvrit sa veste usée, prit son portefeuille dans la poche intérieure et en tira une photo. C'était une petite photo, rayée en plusieurs endroits. Mais on devinait des proues de navires éventrées dans une lumière floue, des ferrailles, des amarres rompues. Et une femme regardait, les yeux brillants, le port dévasté. Ses cheveux étaient ramassés.

– Qui est cette femme, et c'est quoi, cette dévastation ?

– Je t'ai peut-être parlé d'elle, une nuit. Mais tu étais pressé... Ça, c'est la flotte qui s'est sabordée, et elle, c'est la femme que j'avais. Elle m'a sauvé et je l'ai perdue.

– Mais où est-ce ?

– Sur le port de Toulon en 42. J'étais avec l'armée d'occupation. Cette femme a vingt-deux ans. Pour moi elle est toujours restée comme ça ; pour moi et pour tous les autres. Je voudrais vraiment retourner à Toulon, la chercher dans le cimetière.

– Ce n'est pas un petit cimetière de village.

– Je demanderais à ceux qui l'ont connue, à ses amis, à la patronne de la boutique où elle travaillait, où je l'ai rencontrée pour la première fois... Il faut que je me dépêche... Je ne veux pas me présenter devant Dieu sans l'avoir cherchée.

– D'accord, je t'y emmènerai... Mais Dieu tiendra compte de ce que tu l'as portée dans ton cœur.

– Pour ça, je ne l'ai jamais oubliée. Tu veux que je te raconte ?

– On dirait une fatalité : mais je suis de nouveau pressé, quelqu'un doit venir me voir d'ici peu, il faut que je rentre chez moi. Je t'offre un verre et je file. Je te ferai signe, un de ces soirs.

Le ciel était haut et perdait sa couleur gentiane. Giovanni remit lentement la photo dans son portefeuille, puis celui-ci dans sa veste.

Sur le chemin de sa maison, le soir se faisait silencieux, et silencieux aussi le village qui se recroquevillait dans l'ombre. Il restait juste un peu d'azur à l'occident, en haut, sur le pierrier.

Clara arriva dans ce silence et, la main posée sur le bras d'Edoardo, s'excusa d'être en retard.

– Il n'est jamais trop tard.

– Qu'est-ce que tu as fait en m'attendant ?

Il lui raconta sa journée : la marche jusqu'aux ruches

avec l'homme qui avait été à Toulon et avait vu le port détruit.

– Ça ne me paraît pas un bon signe, dit-elle.

– Et toi, qu'as-tu fait ?

– Je te le dirai plus tard.

– Quelques mots, pour m'aider à comprendre.

Ils entrèrent dans la maison. De la fenêtre on voyait les collines et les vallées. Une terre qui avait été plantée d'oliveraies jusqu'à huit cents mètres, et aujourd'hui abandonnée. Mais il y avait toute une floraison de genêts épineux, une poussière d'or, sur quoi commençaient à voler les oiseaux nocturnes.

– La nuit arrive, dit-elle, et elle alluma la lumière.

Sur son visage mince et sinueux, d'une douceur irrégulière, se lisait une inquiétude songeuse.

– Ton silence ne me pèse pas, dit-elle encore. Mais je voudrais savoir ce que tu prépares. Tu peux bien imaginer la vie d'une femme qui attend. Cela fait des années que j'attends que tu arrêtes. Maintenant je fais des rêves étranges. Tu veux connaître le dernier ? J'ai rêvé que je marchais dans une ruelle étroite et sablonneuse, je voyais seulement mes pieds, j'allais à un rendez-vous dans une masure, un taudis dont je ne distinguais que la porte.

– Comment savais-tu que c'était toi ?

– J'ai reconnu mon pas. Tu pourrais me sauver de ces rêves mutilés.

Il lui dit qu'il faisait tout le nécessaire : encore des pavillons de complaisance, à cette différence près que, cette fois, la compensation était d'importance... Non, elle ne devait pas avoir peur : il agirait avec prudence, sans faire d'erreurs. Mais, dans le voyage qu'il préparait, il ne pouvait se passer de penser à elle.

– Si tout finit sans que ça soit de notre faute, continuait-elle, peut-être qu'on peut se résigner. Je ne voudrais pas être forcée d'effacer jusqu'au passé le plus récent.

Chapitre cinquième

A Toulon il trouva l'agence maritime fermée et monta sur les hauteurs, à la maison de François. Annick lui ouvrit.

– François est à Marseille. Mais restez donc. Il ne tardera pas à revenir.

– Je peux m'asseoir au jardin ?

La mer était haute et semblait se courber pour venir dans la rade. Il en montait une vapeur grise.

– Vous avez fait bon voyage ?

– Après Cannes, il n'y avait presque personne sur la route.

Elle s'informa de sa vie avec tact et gentillesse. Peut-être le faisait-elle avec tous les hommes que son mari était sur le point d'engager. En parlant, il se rendit compte du peu de valeur de son passé : triste succession de bateaux, de rêves et d'horizons. Il espérait seulement qu'il n'était pas trop tard pour changer.

La femme était installée, jambes croisées, dans un profond fauteuil d'osier. Elle avait une jupe blanche. Elle aussi, comme Clara, elle s'habillait de blanc (ou de noir).

– Vous vous souvenez bien d'Arthur Kerber ? demanda-t-elle.

– Comme si c'était hier. On bavardait sur le *Cormoran*. Comme beaucoup de Bretons, c'était un rêveur impénitent. Il venait d'une famille de capitaines au long cours.

– Il y avait entre nous une amitié fraternelle. Il se confiait. Vous n'êtes pas d'une famille de gens de mer ?

– Chez moi, on était paysans, on cultivait les oliviers.

Il pensait aux oliviers, à leurs branches presque minérales, à leurs troncs presque humains. Ils avaient un feu intérieur et semblaient parler dans la lumière du matin.

– Pourquoi êtes-vous venu jusqu'ici pour chercher du travail ?

– Je cherche travail et fortune. A mon âge, vous trouvez ça étrange ?

– J'avoue que oui. Mais vous, les marins, qui peut vous comprendre ? Arthur aussi était incompréhensible, si sérieux, et si peu fait pour l'aventure.

– Lui aussi, sans doute, aura voulu abréger sa carrière. On a parfois des mirages imprévus.

– De quoi parliez-vous sur le bateau ?

– Ce qu'on dit sur les bateaux est sans valeur. Lui, d'ailleurs, entre ciel et mer, ne parlait pas. Il venait, comme je vous l'ai dit, d'une famille habituée à naviguer, d'une famille de Saint-Malo.

– S'il avait su où il allait !

– Il était taciturne.

– Et vous, en revanche ?

– Je ne sais pas. Souvent, j'aimerais me taire.

Le temps changeait, de l'est glissaient des petits nuages. Le ciel atténuait sa couleur et absorbait la mer, les terres maritimes rétrécissaient, martelées par la lumière.

Maintenant elle se taisait, peut-être l'avait-il intimidée sans le vouloir. Elle avait des yeux tristes, légèrement ironiques.

– Madame, j'apprécie votre amabilité, vous voulez me tenir compagnie, mais je ne sais pas faire la conversation.

La femme sourit, se leva et, d'une main, remit de l'ordre dans ses cheveux.

– Ça doit être François qui arrive, dit-elle. Écoutez... Vous n'entendez pas la voiture qui monte ? J'aurais aimé que nous parlions encore. Vous reviendrez, je l'espère.

François l'emmena en voiture à Puyloubier, au Domaine, au pied de la montagne Sainte-Victoire.

– Il vaut mieux qu'ils te connaissent.

– Tu crois ?

Une bastide en pierres sèches, une espèce de château, au milieu des vignes, entre deux crêtes venteuses, dominait un plateau et une vallée.

– Ne parle que s'ils t'interrogent. Ce sont de braves gens, mais orgueilleux. Ne t'étonne de rien.

– Je ne me suis jamais étonné de rien.

– Ce sont des invalides, des gens blessés.

– Et c'est avec ces gens-là que nous devons traiter notre affaire ?

– Ce sont eux, ces invalides, qui revendent les armes dont la Légion se débarrasse.

– Tout est possible en ce monde.

– Ça leur redonne une raison de vivre, et la Légion n'est pas compromise. Tu verras : ce sont des gens comme il faut... Attends-moi là, je vais t'annoncer.

– Je m'assieds sur ce banc.

On voyait un homme qui attachait les pampres : il

tenait le raphia dans sa bouche et se débrouillait avec une seule main. Sur la crête, à l'occident, se découpaient des pierres tombales, des croix et des tourettes, et, un peu plus loin, des chèvres. L'atmosphère était grandiose, dominée par la montagne aride et blanche dans les vagues d'un ciel en fuite.

Ils étaient trois à l'attendre, dans une salle à la cheminée éteinte et au dallage usé. Aux murs nus, des épées, des fusils et des haches, tous les types de haches pour les forêts et les savanes, et des bêches, des petites bêches pour creuser des tranchées dans les déserts. Un monde de mélancolie, d'efforts vains.

– Eh bien, monsieur ! Vous voulez travailler avec nous.

L'homme qui parlait boitillait en bombant le torse, et il avait un bras et une épaule ankylosés.

– Pour moi, ce serait un honneur.

– Quoi qu'il arrive, vous ne direz jamais d'où vient la cargaison.

– Cela, vous pouvez en être assuré. Je viens d'un pays pauvre mais ancien ; il est certaines règles que je connais.

– Ancien au sens de noble ? Entre ces murs, nous avons quelques principes : servir avec honneur et fidélité, et nous, *les anciens*, nous n'abandonnons pas ceux qui ont servi dans le passé. Vous comprendrez cela : ils ont besoin d'une aide sociale et fraternelle. Là-bas sur la colline reposent nos morts. Ils étaient dispersés par le monde, nous avons rassemblé tous ceux que nous avons pu.

– Honneur à eux, dit Edoardo.

Il pensait à leur ombre parmi ces pierres, au pied de la montagne blanche.

Ils passèrent dans le salon-bar. Il y avait un grand comptoir de chêne et des photos de soldats aux murs. Un unijambiste et un joueur de bugle vinrent s'adjoindre à la compagnie. Il jouait dans la fumée qui filtrait la lumière.

Quand ils partirent, le soleil était oblique et l'azur sculptait la montagne. Le ciel se dorait au mistral.

– J'en ai assez, dit François, de ces *médaillés militaires* et de ces *gueules cassées*. Trop c'est trop.

– Ils étaient amicaux. Et si leur force n'était que de la faiblesse ?

– Pourquoi te poses-tu la question ? Tu leur as plu.

– En fin de compte, ils ne m'ont rien demandé. Même pas mon nom.

François rit.

– Chacun est gardien de son anonymat. Ne pas poser de questions sur le passé est une règle absolue. Tu as lâché deux ou trois mots : l'honneur, la noblesse...

– Espérons que tout ira bien. Mais j'ai l'impression qu'on n'est pas rendu au port.

Ils roulaient dans la voiture sous le soleil aride qui écrasait les buissons et les vignes.

Chapitre sixième

Il revint peu convaincu. Il lui semblait avoir côtoyé un monde mort, mort comme l'âme de son village. Pietrabruna gardait son enveloppe : la pariétaire sur les murailles, les géraniums et les œillets aux balustres. Mais la vie, où était-elle, en dehors des coups de fouet du ciel, en dehors du vent ? Le gris perle de l'église noircissait, la corniche tombait. Dans les ruelles quelqu'un passait, fugace comme une ombre. Si le village avait encore une âme, c'était une âme épuisée.

Ce voyage à la recherche d'un travail lui avait laissé un goût de mélancolie. Et maintenant, en traversant Pietrabruna, il avait envie de crier : « Ohé, de la vie ! » Au café, il se souvint de son enfance, de son adolescence. Il repensait à la mer, au temps où il partait pêcher pour payer ses études ; il était sur la barque qui portait le lamparo, il dirigeait les bancs de sardines et de bogues sur les sèches ; dans le faisceau lumineux, un grouillement frémissant. Ou affolé.

Il tombait une pluie fine, puis venait le soleil. Sur les à-pic, les lentisques étaient plus brillants, les genêts cristallins : les calices jaune d'or tremblaient sur les branches fines comme des joncs. On eût dit que la terre, à la différence du village, envoyait des messages éclatants à chaque retour du beau temps.

Il repensa à ses oliviers et se proposa d'aller les visiter avant son départ. Il aurait voulu avoir avec eux une conversation, se faire, face à eux, homme de prière. Il les avait si souvent emportés sur la mer, comme un opium, un rêve. Combien étaient-ils, comme lui, dormeurs éveillés, perdus dans des monologues silencieux, séparés des autres hommes. Pensifs et sages, avec des joies marines pleines et imprévues. Maniaques dialoguant avec leur ombre.

L'après-midi, au café, il retrouva Giovanni. Il portait sur sa veste une grande écharpe.

– Les genêts font leurs premières fleurs.

– Tu es déjà allé visiter les ruches ? Je voudrais que tu me racontes Toulon. Aujourd'hui, j'ai le temps.

– Vraiment, tu veux que je te raconte ? Je ne sais pas si je suis encore capable de mettre ensemble les événements de ces jours-là. Je vais essayer de me souvenir. Tant d'années sont passées.

– Fais un effort. Ça semblait venir tout seul... Si je ne t'avais pas interrompu, il y a quelques jours...

– Aujourd'hui, c'est un coup la pluie, un coup l'éclaircie.

– Les abeilles travaillent mal ?

– Elles travaillent bien. Elles trouvent sur les fleurs la goutte pour pétrir le nectar. Mais allons chez moi, on sera plus au calme.

Ils restèrent où ils étaient, sur la terrasse du café. La voix de Giovanni était étrange, dans les phrases une sorte de sanglot, un son de violon : l'accent du village de la montagne où il était né. On eût dit que dans cette voix le monde se lamentait.

Que cherchait-il au fond du temps, dans ce Toulon mort ? Il devait revoir par lambeaux le rêve qui lui avait souri ces années-là, et qui l'avait accompagné ensuite toute sa vie dans un tête-à-tête silencieux.

Il était entré dans Toulon avec une compagnie d'Alpini et ils y étaient restés cinq jours, puis ils s'étaient retirés sur les hauteurs de Hyères. Cinq jours pour voir le massacre : soixante navires sabordés, seul un sous-marin avait réussi à s'échapper. « Comme j'aurais voulu que cette flotte ait pu appareiller ! Mais les Allemands avaient déjà placé leurs canons à la sortie des rades... » C'était entre novembre et décembre, un été de la Saint-Martin prolongé. Cette mer recueillie devenue cimetière abordait la terre entre les étraves des navires dans les longs couchers de soleil. Il avait pitié de la mer, lui l'homme de la montagne. Sur les quais du port, sur l'embarcadère, une femme regardait.

« Que faites-vous là ?

– J'ai un frère sur le sous-marin qui s'est échappé.

– J'espère qu'il est déjà loin, je lui souhaite bonne chance. »

Giovanni parlait par vagues successives. Ses yeux passaient du vert au noir dans le visage devenu vieux, couleur d'un lac à l'ombre de sommets et de feuillages. La main se levait souvent dans un geste prudent.

Edoardo lui demanda comment était cette femme.

– Elle avait du courage et du sentiment... Le 8 septembre, elle m'a apporté des vêtements civils. Elle m'a accompagné en train jusqu'à Menton et, ensuite, elle m'a fait passer la frontière par des sentiers. Là-haut, chez moi, je ne sais pas ce qu'elle a eu, elle s'est mise à pleurer, à dépérir. Elle voulait retourner à Toulon. Je l'ai raccompagnée par les sentiers jusqu'à la gare de l'autre côté de la frontière. « Viens avec moi, disait-elle, ne retourne pas là-bas. » Elle m'a fait jurer, en regardant les étoiles, que je viendrais la chercher dès que la guerre serait finie. Mais je remettais, je remettais...

– Quelle fatigue t'avait pris ?

A ce moment, Giovanni avait les yeux fermés. Un peu perdu au point crucial de son histoire. La patronne du café accordait sa guitare, le ciel se dégageait, les montagnes se découpaient de nouveau.

Deux hommes entrèrent, ni jeunes ni vieux.

– Ce temps est trop déprimant, dit l'un. Il vaudrait mieux qu'il pleuve une bonne fois. Il y a de l'orage dans l'air.

Giovanni ne parut pas les entendre.

– Une femme pour la vie, dit-il. Et encore, je ne t'ai pas dit comment elle était... sa douceur, sa décision. Aujourd'hui, il n'en existe plus... Si je savais raconter, me servir des mots, si j'étais plus jeune...

Il hésitait. On eût dit que quelque chose lui faisait peur.

– N'y pense plus. Tu me raconteras une autre fois.

Giovanni fit un signe d'acquiescement. Comme humilié, il demanda l'heure.

La cloche sonnait le moment de rentrer : l'homme qui était sur les terrasses depuis l'aube donnait son dernier coup de pioche.

Les nuages légers sur la colline étaient incrustés de soleil, en forme de faux. Le sentier allait dans les friches, à travers le maquis. Çà et là, le jaune des genêts envahissait la couleur cendreuse du pierrier. Il y avait sur cette pente quelque chose de serein, de lumineux, quelque chose qui semblait venir d'une journée déjà vécue. L'air entre les crêtes et les nuages avait un je ne sais quoi d'éternel.

Elle aimait ces endroits : le maquis plus que les arbres.

– Qu'est-ce que tu as fabriqué ces jours-ci ?

– Rien, Clara, presque rien. Je ne sais plus à quoi m'accrocher, ni ce qui m'attend.

– Tu devais préparer le grand voyage. Comment ça s'est passé à Toulon ?

– Ces gens m'ont paru convenables. Mais je dois patienter.

– Patientons. Mais si je réussissais à me libérer de toi, ça serait beaucoup plus simple, plus simple pour tous les deux.

On entendait des voix et le chant d'un rossignol. Un vagabond survint, la veste sur l'épaule, les joues mangées par une barbe de huit jours.

– Bonjour, bonne promenade.

– Bonjour à vous, monsieur.

– Je suis prêtre, mais ça ne fait rien.

Maintenant il le reconnaissait, bien qu'il soit à contre-jour.

– Don Alberto !

– Je t'ai reconnu tout de suite. Je ne voulais pas vous déranger.

– Toujours seul.

– Je viens d'aller voir un vieux, à la Madonna di Prealba.

– Il y a encore quelqu'un là-haut, dans les campagnes ?

– Il vit en ermite, il ne veut pas descendre.

– Étude et travail ?

– Travail seulement. Un Ave Maria de temps en temps. Mais ça suffit.

Edoardo leva les yeux vers la hauteur, vers les terrasses

qui étaient toutes en friche, jusqu'à la roche couleur de soleil. Un souvenir le fit sursauter, à l'intérieur.

– On entend encore la musique de l'orgue, aux Due Canne ?

– Il n'y a pas beaucoup d'eau, un léger murmure. Peut-être que la nuit on l'entend mieux.

Ils s'assirent par terre. Clara s'appuyait sur les coudes, la tête renversée, les cheveux épars, la main sur les pierres. Alberto avait les yeux comme bridés, un léger tremblement du menton.

– Notre vie non plus ne murmure plus très fort ; nous avons changé, nous approchons de la sécheresse.

Le chant du rossignol arrivait à travers les feuilles d'une clématite, du fond de la ravine. Une note en trois souffles, *rallentando*, presque un chant du silence. Puis il reprit la strophe du gazouillement.

– Tu as fini, ou tu es en vacances ?

– Je repars, si j'y parviens.

– Repartir. Pour toi, ça ne doit pas être un problème. Moi, j'ai fait mon devoir, je suis sur le point de finir.

– Il suffit de finir bien.

– C'est encore à voir. Qui sait sur quoi nous fermerons les yeux ?

– C'est peut-être présomptueux, mais moi, j'ai l'impression que je le sais.

– Et vous, madame, qu'en dites-vous ?

– L'aube sur la mer. C'est ce que je me souhaite.

Alberto les conduisit à une chapelle. Il devait y passer et les pria d'y rester avec lui. La chapelle était fruste dans l'air dur de la falaise, en pierres de l'endroit et en galets. L'intérieur était dépouillé : juste une ardoise pour autel. Sur un mur, une huile sur bois. L'archange saint Michel y pesait les âmes, sur l'autre plateau de la balance le Livre de la vie (d'après Alberto). L'archange flottait sur une foule en liesse, et un personnage tombait, hors d'haleine. Derrière un buisson, un squelette archer.

– Tout est en ordre, dit Alberto, le toit tient bon et le tableau n'a pas été volé.

Il referma la porte et mit la clef dans sa poche.

– On fait un bout de chemin ensemble, jusqu'au croisement ? dit-il encore.

L'ombre grandissait, le soir venait, et Alberto s'arrêtait de temps en temps pour parler de son enfance à Pietrabruna… Maintenant qu'il se faisait vieux, on voulait qu'il y reste, mais il refusait.

Edoardo lui dit que le village qui l'avait blessé – s'il l'avait blessé – n'existait plus aujourd'hui, qu'il avait disparu.

– Tant de choses ont disparu. Mais parfois, les temps reviennent.

– Vous avez raison, dit Clara, nous aussi nous aimerions partir.

– Quand j'aurai fini ici, j'irai dans un hospice. J'ai déjà tout arrangé.

Ils étaient parvenus au grand pin, au croisement des chemins muletiers. La montagne se découpait de nouveau ; sur la mer revenait un peu de cobalt, après l'évanouissement du soleil couchant. Les villages réapparaissaient sur les versants, avant l'obscurité.

– Je suis presque rendu, dit Alberto.

– Notre voiture est juste en bas.

Clara s'attardait, elle ne pouvait se détacher.

– Je peux vous demander quelque chose ? dit-elle. C'est quoi, ce Livre de la vie ? Le mien ne pèse pas lourd.

– On ne le sait pas très bien : c'est le livre sur lequel nous serons jugés. Plus la vie est riche, plus l'âme doit avoir de poids.

Edoardo regardait par terre les pierres vagabondes dans l'ombre qui montait.

– Je n'aurais jamais pensé vous rencontrer par ici. Si vous saviez comme je suis content.

Ils se dirent adieu presque à la hâte.

A la maison, elle ouvrit grandes toutes les fenêtres. Puis ils mangèrent, un dîner frugal. Il y avait une traînée d'étoiles entre deux rochers. Un froissement sec montait le long des terrasses.

Au matin, Clara avait les yeux rêveurs et comme chargés d'une ironie secrète.

Le froissement avait disparu et on entendait des pas. Une vieille marchait sur les terrasses, jetait des graines aux colombes qui s'envolaient des amandiers.

– Au lieu de m'aider, tu vas sur tes bateaux de vagabond.

Il ne savait que lui dire. Il repensa à la fontaine de Prealba, à sa musique d'orgue ; il lui proposa d'y aller.

– Aujourd'hui je ne peux pas, je ne sais pas quand on se reverra, dit Clara.

Elle remplissait de son corps la lumière vide du matin.

L'appel de Toulon n'arrivait pas. Et il restait à Pietrabruna. Certaines après-midi, il revenait sur la vie de Clara : il y avait dans ce passé des moments très doux et d'autres de grand désespoir. Il en ressortait épuisé et plein de mélancolie.

Des nuages livides entouraient les montagnes. Des

coups de soleil donnaient à la terre la couleur du bronze, et des cirrus dorés montaient de la mer.

L'Anglaise du café l'avait pris en sympathie.

– L'été reviendra et vous aurez de la compagnie, le café ne sera plus vide.

– J'espère que je serai parti.

– Et où irez-vous ?

– Je voudrais me remettre à naviguer.

– Regardez-moi ce temps. D'ici peu, il va repleuvoir. Vous n'avez personne ici, au pays ?

– Quelqu'un qui ne supporte plus mes absences.

Il repensa à ce qu'elle lui avait dit : « Maintenant, nous sommes à la fin. » Elle ne connaissait pas les temps longs de la mer.

Un homme entra, la cisaille sous le bras et la serpe à la ceinture, image de la vie qui avait été. « Exactement comme mon père : des yeux fatigués et durs. » Il apportait avec lui l'air des hauteurs et des nuages.

– Comment ça va dans votre campagne ? lui demanda-t-il.

– C'est dur, toujours plus dur.

– Qu'est-ce que je peux vous offrir ?

– Un marsala… Merci.

« Exactement comme mon père ! Ils méprisent ce qu'ils produisent, ils méprisent le vin. Le marsala leur semble plus noble. »

– Dans ma campagne, aujourd'hui, il y avait du vent et des nuages, dit l'homme. Vous n'êtes pas du pays ?

– Si, je suis du pays.

– Et vous vous y sentez bien ?

– Ça dépend.

L'homme parlait de sa campagne et s'en montrait déçu. C'était leur façon de faire.

– Où voudriez-vous être ? lui demanda-t-il, pour voir.

– A Marseille.

– Vous n'aimez donc rien dans cette vallée ?

– A une époque, j'aimais les terrains de sable où poussaient les châtaigniers. Sur les actes notariés, on les appelait les terres castanières. Elles sont orientées au nord.

– Je ne suis pas encore allé les voir.

– Et si nous allions boire dans ma cave ?

Ils se levèrent pour partir. Traverser le village lui procura une certaine émotion. La maison était très étroite, mais sur trois niveaux. Presque tout le village était fait de réduits obscurs, auxquels on accédait par des escaliers tortueux. Un toit suffisait à celui qui revenait fatigué de sa campagne, surtout quand il pleuvait. Et l'été, il avait tellement pris le soleil qu'il n'avait pas besoin de fenêtres. Une seule était bien assez.

Dans la cave, on respirait un air de confort. Des dames-jeannes et des claies à figues, deux chaises et un billot. Un filet de lumière entrait par le soupirail, et une fleur prenait racine dans la couche de poussière du petit perron, de l'autre côté de la grille.

– Excusez le désordre.

– On est dans le luxe.

Il regardait la fleur qui avait grandi dans la poussière : feuilles carénées, bourse noire et, dessus, un brun pourpre avec des bigarrures.

– On dirait un papillon.

– Elle les attire. Ils viennent, ils croient s'accoupler, ils secouent son pollen. Elle les trompe. Ce vin ne vous plaît pas ?

– Il est excellent.

– Alors posez votre verre sur le billot. Encore un coup ?

– Encore un, merci.

– On se tient mal sur une seule jambe.

– Il ne faut pas que je boive trop.

– Ça y est, nous avons pris le large.

– Vous avez été marin, vous aussi ?

– J'ai tout fait en imagination sur ces côtes et face à la mer... Je me racontais même que j'étais né à Marseille... Mais à quoi pensez-vous ?

– A rien. A des seigneurs de la guerre que je connais. (Ils avaient des vignes au soleil et des armes périmées au pied de la montagne blanche.)

– Buvez plutôt un autre verre.

– Mais après on retourne au café, ça sera ma tournée.

L'ombre des ruelles s'était faite plus froide. Seul un grenadier écorcé colorait l'air, en se balançant.

– Faites attention où vous mettez les pieds. Faut marcher avec dignité.

Au café, ils s'installèrent sur la terrasse. Il faisait encore jour, un bleu ténu, insolite, s'était emparé de la Méditerranée. Des crêtes se couvraient lentement d'or.

– Où en étions-nous ?

– On est loin de Marseille ?

– Changeons de route, camarade. Ça n'est pas un paradis. On vous y met les menottes et on vous fourre au fort Saint-Nicolas.

L'autre semblait vexé. Il allait partir, mais il se ravisa et dit :

– Il n'y a que les montagnes qui ne se rencontrent pas. On se verra demain ?

Il se tourna de nouveau vers la vallée : la mer montait à l'horizon, labourée par le ciel et par le soleil. La patronne du café s'approcha. Il lui demanda, en lui montrant la mer :

– Vous pouvez comprendre son message, madame ?

– Je vous conseille de boire un thé, c'est moi qui vous l'offre.

– Pourtant vous êtes anglaise, et sœur d'un officier d'une grande marine. Vous ne pouvez pas me dire ce qu'elle veut me faire savoir ?

– Je peux vous dire ce que je ressens quand je la regarde. Elle est différente de l'Atlantique et de la mer du Nord.

Dans le Nord, quand la mer était haute, un abîme engloutissait les reliefs. Une aile grise frappait les crêtes.

Le thé bu, il se dirigea vers chez lui. Le soir effleurait les toits, entrait dans les ruelles, tournoyait dans le ciel et déversait sur les oliviers une lumière très ancienne.

Chapitre septième

Vint enfin le jour où on l'appela. Il alla sur les hauteurs au nord de Toulon, chez François. Il dîna avec lui et sa femme.

– Tu as apporté ton livret de navigation ?

– Je l'ai toujours sur moi.

Il devait aller prendre un bateau à Saint-Malo, un navire hondurien. Il s'informa de l'équipage.

– Hétérogène : matelots philippins et birmans.

– C'est comme ça, aujourd'hui.

– Le maître d'équipage est de Marseille ou de la région. Un type bien. Le deuxième officier est très jeune.

– Et d'où est-il ?

– Espagnol, ou plutôt basque, de Bilbao. Les Basques sont un peu fous.

– La folie est une affaire personnelle. Il ne doit pas avoir d'expérience. Prions le Seigneur.

– Vous n'avez peur de rien ? intervint Annick.

François posa un bras sur son épaule. Il devait y avoir entre eux un amour éprouvé et complice. Sous son bras, l'épaule se souleva.

– Nous avons navigué ensemble, chérie. Il est encore mieux qu'Arthur.

– Nous avons tous peur, dit Edoardo. Quand dois-je partir pour Saint-Malo ?

– Il y a un vol pour Rennes demain matin. J'ai fait la réservation. Tu ramèneras le bateau à Toulon et on fera le chargement.

Le soir, il sortit dans le jardin. C'était un été qui finissait, un été où passaient des nuages légers. Les étoiles apparaissaient les unes après les autres au-dessus de la mer. Annick le rejoignit, s'assit en face de lui, demanda pourquoi il ne dormait pas.

– Je ne sais pas pourquoi. Ici la France est douce, j'aime la regarder.

Les rades étaient animées d'une pulsation très lente. Rythme antique, presque primitif des phares méditerranéens. Côte qui se déployait dans un bonheur mélancolique de rochers, de péninsules.

– Vous êtes inquiet ? Comment pensez-vous que ça se terminera ?

– Cela dépend d'un tas de choses.

– L'équipage ne vous convainc pas ?

– On verra à Saint-Malo. Tout dépend du capitaine d'armement, de sa conscience et de sa connaissance des hommes... Tenir la route n'est pas un problème.

– Qu'est-ce que vous laissez, à terre ?

– Attendez que je réfléchisse...

– Vous ne laissez rien, j'ai compris.

Il revoyait les vignes sur les sommets, les éternelles limites, les querelles pour les défendre. Pages de misérables souvenirs, emportées par le vent.

Annick laissait ses bras à l'abandon et regardait la mer, la tête sur le dossier d'osier. Elle paraissait avoir envie de parler, mais elle ne parlait pas.

– Vous devriez me faire un plaisir, dit-elle enfin. Vous

devriez aller voir la femme d'Arthur à Saint-Malo. Je vous donnerai l'adresse demain.

– Qu'est-ce que je dois lui dire ?

– Quand vous reviendrez, vous me raconterez comment elle va. Maintenant allons dormir, demain on se lève tôt.

– Oui ! Bonne nuit !

Mais il avait l'impression qu'elle ne lui avait pas dit ce qui la tourmentait.

François l'emmena à Marseille. Il prit l'avion pour Rennes, puis un train pour Saint-Malo. Il alla sur les *remparts*.

Ville dure, enfermée dans un paysage de marées. Terres éclatées, contre la mer, ou ondoyant dans une longue lumière comme des voiles. Dans une solitude mauve, derrière le cap Fréhel, le soleil se couchait.

Il retrouvait la vie mouvante du marin et il avait besoin d'un point fixe et lointain...

Le capitaine d'armement avait son bureau dans un cagibi obscur.

C'était un homme vieux, avec une barbe grise et des yeux d'un bleu ciel vitreux. Il avait un air sérieux, presque sévère. Il demanda à Edoardo s'il avait fait bon voyage. Il le rassura sur la navigabilité du bateau. Il lui soumit un document qui exonérait l'armateur de toute responsabilité en cas de perte ou de dommage provenant :

– du fait, par négligence ou par faute, du capitaine, d'un membre de l'équipage, du pilote ;

– d'un incendie ;

– des risques, périls ou accidents de mer ou autres eaux navigables ;

– d'un « fait de Dieu » ;
– de faits de guerre ;
– d'un décret ou injonction du souverain, autorité ou peuple, ou d'un séquestre judiciaire ;
– de sauvetage ou tentative de sauvetage de vies ou biens en mer ;
– de vices cachés qui auraient échappé à une diligence raisonnable.

– Mais qu'est-ce que c'est, cette dernière clause ?

– Nous autres, capitaines d'armement de Saint-Malo, nous concluons toujours ainsi. N'ayez pas peur de signer. Vous venez de Ligurie, terre de bons capitaines, vous savez fort bien que cette clause est justifiée... Tenez : allez-y, signez. Demain, je vous présenterai l'équipage.

– Il est comment ? Avec l'équipage, on ne plaisante pas.

Tout était en ordre sur le *Hondurian Star*. Ces officiers semblaient d'honnêtes gens. D'ailleurs, qui pouvait les juger ? Les matelots étaient silencieux et calmes.

Aux cartes de déclinaisons étaient jointes les cartes de force verticale et horizontale.

– Enchanté d'avoir fait votre connaissance. Soyez tous ici ce soir à onze heures, dit Edoardo.

La marée était haute, flot montant et clapot qui choquait contre le fond du port.

Au bastion Saint-Philippe, entre les murailles et les maisons hérissées de cheminées, circulaient les derniers touristes. Edoardo trouva la porte qu'il cherchait. Il sonna et attendit.

La marée commençait à descendre. Au-delà de la fenêtre, dans le gris perle ponctué d'ivoire, passaient deux cormorans ; ils battaient rapidement des ailes à la poursuite d'un nuage. Les mouettes s'abattaient sur les poissons échoués.

La femme gardait la main et le bras posés sur une nappe à carreaux. Une lumière forte entrait. De temps en temps, elle plissait les yeux. Des mèches de cheveux blancs ravivaient sa chevelure brune.

– La lumière vous gêne ?

– J'y suis habitué.

Ils avaient parlé d'Arthur. Des années étaient passées et sa fin la faisait encore souffrir. Elle ne pouvait se résigner à ne pas savoir où il avait fini. Edoardo lui avait expliqué qu'il y avait dans la mer une ligne neutre, où les flots montants et descendants s'égalisaient. Côté terre de cette ligne, les corps étaient poussés vers la côte ; côté large, vers les grands fonds. Mais il y avait aussi une ligne sous-marine, entre des masses en opposition, où dérivaient les corps. C'étaient des choses qu'elle savait certainement.

Avec cette lumière dans les yeux, elle le regardait fixement. Elle lui demanda à quelle heure il appareillait.

– Autour de minuit, je crois.

– Alors vous pourriez rester dîner.

– Je vous remercie. Mais je dois être à bord bien avant.

– Comment s'appelle le bateau ?

– Le *Hondurian Star*.

Elle hocha la tête.

– Ne vous fiez pas à ces gens de Toulon.

– Il faut savoir prendre des risques pour survivre.

– Vous parlez comme Arthur... Si vous revenez à Saint-Malo, tâchez de repasser, en ayant plus de temps.

Elle l'accompagna dans l'escalier. A la porte, un geste fraternel lui échappa : la main sur l'épaule, légère, protectrice.

– Si vous voulez demeurer un jour ou deux… Revenez me voir, je vous en prie.

Elle resta sur le seuil à le regarder. Femme de Bretagne, rien ne l'impressionnait ; les grands fonds étaient un berceau, en quelque sorte, et une route silencieuse.

En passant devant la pointe du Décollé, la mer donnait des coups de bélier. Puis ils gagnèrent la haute mer. Ils perdirent les phares de vue. Le ciel était limpide, avec un cordon à l'horizon.

Ce fut l'heure du changement de quart, et le troisième officier vint à la barre. C'était l'Espagnol que François avait présenté à Edoardo comme deuxième officier. Le deuxième officier était français, de Gravelines.

– Faites attention, dit Edoardo, le compas réagit aux fers doux. La moindre masse métallique influence le champ magnétique. Il vaut mieux faire souvent le point astronomique.

Cassiopée était dans le méridien sous le Pôle : elle avait sa forme reconnaissable, en W. Le Taureau était d'une couleur rose pâle. D'autres étoiles brillaient en demi-cercle. Mais il n'arrivait pas à les identifier.

Il interrogea le garçon. Le garçon dit :

– Je ne m'y connais pas… Mais vous ne vous reposez pas, vous n'allez pas dormir ?

– Je préfère me reposer dans la journée.

Il reconnaissait Sirius, blanche, avec des reflets bleus, à l'alignement du Baudrier d'Orion.

Toutes les étoiles du point astronomique étaient là, en cas de besoin.

Il étudia un peu le sextant : le prisme biréfringent avait des zones opaques. On pouvait s'y faire.

Tout allait bien. Pour autant qu'on puisse jamais dire cela en mer.

– Regardez un peu où nous allons, Manuel.

– On ne voit pas l'horizon, dit le jeune troisième.

Le ciel autour de la lune était devenu nuageux ; il projetait des ombres noires. Montagnes qui erraient et se brisaient au milieu des étoiles.

Ils sortaient du courant du golfe. Une onde de translation aplanit la mer.

Ils allumèrent une cigarette.

Le bateau roulait sur tribord. Cela devait venir d'un défaut dans l'ailette de roulis.

– Comment ça se fait que vous soyez ici, si jeune ? Quelle carrière voulez-vous faire ?

– Le bateau ne vous plaît pas ?

– Je n'en ai pas une grande opinion... mais que ça reste entre nous. Il doit avoir beaucoup navigué, et je ne pense pas qu'il nous lâchera.

Maintenant, l'horizon véritable revenait.

– Le ciel change.

Il soufflait un air froid, la queue d'un suroît en formation. Ils y avaient échappé. La lame de face.

– Dans quelques heures, ça se déchaînera sur la Bretagne.

Maintenant ses pensées retournaient à la femme de Saint-Malo, au pays des marées, des pardons.

En mer on s'interroge, mais on se tait. On ne peut pas demander à cent personnes pourquoi elles sont là. Beaucoup ne le savent même pas. Provisoirement unies, au nom d'un bateau déglingué. Incompatibilités d'humeur, sympathie, affections… tout est secondaire. Avec les mois, les années, peut naître une amitié qui, en débarquant, filera sa mélancolie.

Le *Hondurian Star* taillait sa route. Des ombres de Pietrabruna revenaient maintenant à Edoardo, des coups de soleil sur les crêtes.

– Je vais me reposer, dit-il. Nous sommes après la pleine lune. Si tu dois faire le point, prends le bord inférieur. Mais si elle est passée à l'ouest, prends le bord supérieur.

Il se rendit compte qu'il avait tutoyé le troisième. Mais il était si jeune. Et on parlait comme on pouvait dans cette Babel des langues.

– Reposez-vous bien.

L'astre passa à l'ouest à ce moment.

En prenant son petit déjeuner, il se souvint d'un rêve. Il était au fond d'une gorge, à l'abbaye de San Fruttuoso. Et pour en sortir, il devait monter aux Pietre Strette… Bien fait pour lui ! En voilà un rêve !

Il lui revint une bouffée de Pietrabruna : la lumière sur les oliviers.

La mer était calme, et sans côtes.

Il aurait voulu demander également au deuxième officier, un homme sur la quarantaine, comment il se trouvait là, par quelles circonstances de la vie. Mais il ne demanda rien.

Il faisait plein soleil, de la brume à l'ouest. Elle filait rapidement, longitudinale. De temps en temps, comme poussée par le soleil, elle partait vers le ciel.

On naviguait à l'estime, d'après la carte. Il n'y avait pas eu d'erreur de pilotage, même si le bateau avait tendance à se porter nez au vent. L'homme de barre avait été habile.

– Cette nuit, un peu avant l'aube, il y avait plein de barques avec des lumières à cinquante degrés ouest.

– Toujours les pêcheurs portugais.

Point estimé : au large du golfe de Biscaye. Des lames se croisaient dans le ciel : dorées et argentées. Le noroît se formait : il y aurait du mistral à Toulon pour l'arrivée du bateau.

La mer avait la couleur rose de la constellation du Taureau, avec des turquoises menaçants, par taches. Il aimait toutes les couleurs qui n'étaient pas le bleu. Sauf à le regretter, quand il manquait depuis trop longtemps.

– Cette nuit, le feu blanc de l'avant fonctionnait mal. Il s'éteignait.

– Je vais le faire vérifier, dit le deuxième officier. – Et après un long silence : – A Toulon, ils sont prêts à nous abandonner, nous et le navire.

– Vous avez des problèmes ?

– J'ai des scrupules, j'ai peut-être peur.

– Peur, vous qui êtes de Gravelines où l'on fait de la contrebande depuis le XVIIe siècle ?

– C'est vrai. Mais les armes, au jour d'aujourd'hui...

– Pour le moment, on ne les a pas encore... Et si nous devons rendre des comptes, nous nous défendrons.

– Devant qui ?

– Pas sur cette terre. Sur cette terre, nous ne devons pas nous laisser prendre. Vous avez de la famille ?

– J'ai une femme et deux enfants.

La nuit était obscure, l'atmosphère claire. L'astre du matin était Saturne, passé au méridien supérieur de Greenwich. L'horizon était vague.

– La vis de rappel a un peu de jeu, dit le premier officier.

– Vérifions-la, dit Edoardo.

Ils sortirent légèrement le tube oculaire : l'image de l'astre resta ronde. Ni allongée, ni déformée. Il n'y avait pas d'aberration.

– On peut faire le point.

– Est-ce qu'il ne vaut pas mieux attendre que l'horizon soit parfaitement visible ? Juste à la pointe de l'aube ?

– L'astre peut disparaître derrière ce nuage.

Ils ne perdirent pas de temps. Ils firent leurs mesures. On approchait de Gibraltar, mais la terre était encore au-delà de l'horizon.

– Pourquoi n'allez-vous pas dormir un peu et vous reposer les yeux ?

Il avait des yeux clairs piquetés de sang. Il était sans veste et sa chemise était ouverte. Il se réchauffait avec l'alcool.

– Je ne dors pas beaucoup, dit-il avec un sourire contraint.

« On dirait qu'il rêve les yeux ouverts... Mais qu'il dorme ou ne dorme pas, c'est sans importance. Ces gens de Franche-Comté sont tous fiers. » La veille, au dîner, il avait dit que ce qu'il aimerait, ce serait une belle guerre de religion.

– Vous ne sentez pas le froid ?

C'était l'aube. La lumière ruisselait de partout. Un vol de pluviers traversait le vert qui brûlait à l'orient. Des nuages, pulvérisés comme de la suie, couraient sur l'azur.

Chapitre huitième

Il était de nouveau à Toulon, dans l'agence de François. Le *Hondurian Star* était entré le matin, avec le soleil de flanc. Il avait jeté l'ancre (avec une bonne longueur de chaîne !) dans la Grande Rade.

A terre il s'adaptait mal, les premières heures : trop de soleil sur la Méditerranée, trop de lumière, l'horizon souvent rétréci par la réfraction.

– Comment est l'équipage, ami ? Pas tous des gibiers de potence, j'espère ?

– Calme et efficace.

Les arbres à la porte jetaient une ombre lourde.

– Ce soir, je t'attends à dîner.

– A vrai dire, j'ai promis au troisième... C'est presque un enfant.

– Ma femme aussi t'attend. Tâche de t'arranger.

– Je ne peux pas l'amener ?

– Je pense que si. Ça fera plaisir à ma femme. A nous de le prendre en charge, et puis ce sera de nouveau à toi. Je vois que tu t'es déjà fait un ami. C'est peut-être une bonne chose.

Il revoyait l'équipage dans une lumière de sel.

– Les matelots sont mal payés.

– On ne peut pas contenter tout le monde : équipage et officiers. Viens ce soir, on parlera de tout ça.

La secrétaire était de retour avec trois tasses de café lourdes comme des pierres.

– J'ai grandi dans un port, disait Manuel, sous un immense rocher. Le soleil n'y venait que l'été. L'hiver, la lumière était loin, dans le golfe de Biscaye. Je suis d'Enlachova, un village de femmes seules. Les hommes toujours à la pêche, jusqu'en Norvège.

– Je suis né dans un village au milieu des oliviers, trop brûlé par le soleil… Tu as de la famille ?

– Ma mère, c'est tout. Et vous ?

– Tutoyons-nous, une bonne fois.

Sur un bassin, les ombres d'un vol de mouettes, et dans l'air vif les hauteurs bleues de Toulon. Les coups sourds d'une balise à cloche ébranlaient la rade.

– La mer grossit au môle principal.

– Nous allons dans un endroit où il vaut mieux parler le moins possible.

– Où allons-nous ?

– Chez quelqu'un qui nous donne notre travail. Mais c'est quelqu'un comme nous, qui a navigué.

– Il habite loin ?

– Sur les hauteurs.

Dans le jardin de François, on y voyait encore. On distinguait le mur jaune et la table mise. La bougainvillée entrait lentement dans le repos de la nuit.

– Si nous buvions au *Hondurian Star* ? N'est-ce pas un grand et beau bateau ?

– Il file droit, mais il faut un peu l'aider, dit Edoardo.

François le regarda dans les yeux. Il dit qu'il ne fallait

pas être si pointilleux, de nos jours ; le voyage s'était passé à merveille ; le temps de charger et il reprendrait.

– Pour quelle destination ?

– Neum, le seul débouché de la Bosnie sur la mer. Mais il peut y avoir un changement, nous te le ferons savoir en cours de route.

– La Méditerranée est tout entière sous contrôle. Il y a un réseau d'écoute.

Un coup de vent fit grincer la bougainvillée.

– Pourquoi restez-vous comme ça dans le noir ?

Annick qui venait d'apparaître dans l'allée alluma un globe dans une plate-bande. La jupe courte collait à ses jambes. Au vent des hauteurs, les rades répondaient par des tremblements lumineux. La lumière blanche au sol semblait soulever les pins. Une étoile se balançait à une branche.

Annick demandait maintenant au jeune officier comment étaient les femmes de son pays.

C'était un petit village, dit Manuel, les hommes toujours en mer. Les femmes chantaient sur deux bancs dans les longues soirées ; sur l'un, elles faisaient la voix des hommes. C'étaient des dialogues d'amour, qui se transmettaient ; mais qui pouvaient varier.

Une Péruvienne au sourire figé changeait les verres. Le dîner tirait à sa fin.

– Et l'Europe, qu'en dites-vous ? demanda François. Que dites-vous de cette guerre ? Allons-nous de nouveau à l'aventure ?

– C'est seulement une maladie, dit Edoardo, c'est seulement un fléau.

– Écoutons ce jeune Espagnol.

Manuel croisa les bras.

– Je ne peux exprimer un avis. Mon père tremblait quand il parlait de la guerre civile. Par principe, il ne voulait pas en parler.

Edoardo baissa la tête. Il pensait à un vieux monde en ruine. Puis un papillon l'effleura, aux bigarrures de nacre, qui se posa sur la table.

– J'allais en Espagne quand j'étais petite, disait Annick. Il y avait des boîtes... – Une ombre de malice passait sur son visage sévère. – J'ai entendu dire qu'on les avait fermées, qu'elles étaient devenues dangereuses.

– La vie a changé en Espagne.

– Et où est-ce qu'elle n'a pas changé ? dit Edoardo.

Puis il pensa qu'après tout elle n'avait pas tant changé que ça.

– Est-ce vrai que les soirs de Madrid sont les plus longs d'Europe ? Que les gens ne vont jamais se coucher ?

– Je ne fréquente pas Madrid, madame. J'habite entre Bilbao et Saint-Sébastien.

– Ça doit être toujours beau, chez vous.

– Un peu dégradé. Et je n'aime pas ça.

Puis Annick se tourna vers Edoardo.

– Avez-vous eu le temps, à Saint-Malo, d'aller chez Geneviève ? Vous n'avez pas oublié ?

Edoardo lui dit leur rencontre, la douceur et la force de cette femme.

– Ça me fait plaisir que vous l'ayez trouvée bien.

– Je ne l'ai vue qu'une demi-heure mais je l'ai trouvée, comment dire, sereine... Et elle maîtrisait bien sa tristesse. Elle aurait voulu savoir où a fini Arthur.

– Nous voudrions tous le savoir.

Le papillon essayait de reprendre son vol : il déployait

ses ailes, effrangées et dorées sur les bords ; avec le temps, elles deviendraient blanches : il appartenait à la famille des nymphales.

– Chez vous aussi, le pays est dégradé ? demanda Annick après un long silence.

– Beaucoup plus que chez Manuel, je crois.

Il voyait des oliviers malades, dans le vent qui montait vers les derniers murs.

– Alors pourquoi y habitez-vous ? Un marin peut vivre où il veut.

– Et pourquoi voulez-vous, madame, que je cherche un autre endroit ? Ce serait m'arrêter à mi-chemin. Mais le destin est peut-être comme ça.

– Le monde va à la dérive, dit François. Heureusement, nous sommes embarqués sous une bonne étoile, et sur un bon bateau.

– Combien de jours faut-il compter, avant de repartir ?

– Pas plus d'une semaine, je l'espère, le temps de bien faire les choses. On ne plaisante pas avec la cargaison.

Ils redescendirent en taxi. C'était le matin. Il soufflait un vent léger. Ils avaient dormi dans la villa. Non qu'ils aient beaucoup bu, mais Annick avait insisté pour qu'ils restent.

Ils se firent déposer au café, derrière les lauriers-roses bordant la darse. Une lumière laminée s'étendait sur le port, entre les bateaux. Il y avait une paix, le soleil.

– Quand on pense qu'ils s'égorgent, là-bas, dit Edoardo.

– Où, là-bas ?

– Là où nous allons.

Manuel resta un instant silencieux. Puis il dit :

– De tous les bateaux que j'ai connus, le *Hondurian Star* est le plus déglingué. Mais avec le meilleur capitaine.

– On finit par s'attacher à n'importe quel tas de ferraille. Quand même, je te remercie.

– Combien de temps allons-nous rester ici ?

– D'après le patron, une semaine. Tu n'as pas entendu ? J'aurais le temps de faire un tour chez moi.

Ils se dirigèrent vers le bateau. Ils marchaient côte à côte, sur le môle.

– *Fatigosa vida de mar*, on dit ça dans mon pays.

Edoardo approuva de la tête.

– Cela faisait de belles vies, autrefois.

Chapitre neuvième

La colline était obscure, l'amandier chargé d'ombre contre la bande nacrée de la mer. Edoardo s'arrêta au seuil de sa maison. La clarté monta derrière les crêtes, en taches, comme un vol de colombes.

Il entra. « Cette aube, à ton arrivée, pensait-il. C'est bon signe. » Elle enveloppait la maison. Elle atténuait son remords d'avoir laissé ses compagnons au port, à attendre, sous le pavillon hondurien. Mais la maison était vide. Il se coucha tout habillé. Il avait bien fait de venir, la cargaison ne le regardait pas. Moralement.

Avant de quitter Toulon, il avait appelé Clara. Elle avait semblé surprise. « Elle va me faire signe. » En mer, cette fois, il n'avait presque jamais pensé à elle. « La mer a formé les longs nuages du temps. » Sur la crédence vivaient encore, éteintes, les bruyères cueillies derrière Pietrabruna.

Quand il se leva, les collines tremblaient au contact de la coupole du ciel, secouées par un bleu dense et lumineux. Mais il y avait des terres qui tournaient le dos au soleil, découragées (enfant, elles l'avaient fait rêver). Les rayons descendaient des pics sans les toucher. Terres en perpétuel désir.

Clara arriva quand la matinée finissait. Elle portait une veste jaune, de la couleur qui paraît à l'orient quand le ciel est encore obscur ; son visage en recevait la lumière délicate.

Elle dit qu'elle avait eu peur de ne pas le revoir et que, de loin, il ne lui avait apporté aucun réconfort, comme si elle ne se souvenait plus de lui.

– Il y a des jours où la mémoire ne sert à rien, dit Edoardo.

– Maintenant tu es là, mais je ne m'en rends pas encore compte.

Et elle lui proposa d'aller quelque part.

Sur les versants couverts de terrasses, le soleil frappait, la falaise à l'orient était incendiée.

– Ne prenons pas la voiture, restons ici. Tu dois être fatigué.

Ils marchèrent sur le pierrier. Ils s'arrêtèrent dans un coin qu'elle aimait. On voyait la mer, entre des rochers et des terres abruptes. Ils s'appuyèrent à un muret. Elle semblait redevenue celle qu'elle avait toujours été : traits durs, figure rude, mais modelée par une caresse invisible.

– J'étais faite pour une vie comme la tienne, j'aurais peut-être dû voyager.

– Aller en mer à mon âge, il n'y a pas de quoi être fier.

– Certains souvenirs ne m'auraient pas assiégée.

– Quels souvenirs ?

Il l'écouta calmement. Il comprenait maintenant le pourquoi de ces grands yeux innocents. Il y a des épisodes dans une vie dont Dieu lui-même est absent et qui s'en vont de la mémoire ; mais ils reviennent ensuite...

Ils pouvaient aussi ne pas avoir eu lieu, mais qu'importe. Le regard sur le passé est parfois un piège, il suscite des ombres que même le soleil ne dissipe pas.

– Allons à la maison, dit-il.

– Cette maison vide, ces fleurs sèches !... Et ton voyage, comment s'est-il passé ?

– Normal et court.

– Je te demandais ça pour parler d'autre chose. Mais si tu ne veux pas parler...

Quand elle partit, la mer était un grand dépôt de soleil sous les champs du ciel. La brise du soir s'était levée et l'amandier bruissait. Il la suivit du regard et la vit disparaître. Alors il sortit de la maison. Dans les rues du village, il chercha à s'expliquer ce qu'elle représentait pour lui. L'intimité de ces ruelles, maintenant que tous les siens étaient morts, lui semblait vaine.

Il aboutit au café.

– Quand êtes-vous arrivé ? demanda l'Anglaise.

– Ce matin.

– Et comment va la flotte ?

– Elle s'est échouée. Vous pouvez me donner des nouvelles de Giovanni ?

– Celui des abeilles ?

– C'est bien cela, madame.

– Il a disparu. Vous ne savez peut-être pas qu'on lui a tout brûlé.

– Tout quoi ?

– Les ruches. Quelqu'un l'a vu au lieu-dit d'Argenta, entre Pietrabruna et Boscomare.

– Il y a de la lune cette nuit ?

– Oui, c'est la pleine lune.

– Alors je vais aller à sa recherche.

– Si vous le trouvez, saluez-le de ma part.

Il sortit du village, sans regrets. Sur le chemin, les oliveraies abandonnées, les murets, leurs sinuosités, leurs brusques saillants, leurs contours imprévus. De tant d'antiquité, le ciel était comme rajeuni. La lumière augmentait à mesure qu'il montait. Au moment où les ténèbres semblaient envahir un pli du terrain, la clarté revenait sur les crêtes. « Je dois avoir, moi aussi, une oliveraie par là, peut-être dans ce rose qui s'éteint. C'était un carré, et on l'appelait comme ça : *Il Quadrato*. Elle avait un nom. Les miens s'y sont usé les bras pendant des générations. En redescendant, je ferai un détour pour aller la voir. »

Sur un petit col, un croisement de sentiers, il appela : « Giovanni ! », deux fois. Un sifflement lui répondit. Puis un traquet chanta. Ils étaient les derniers à chanter. Leur chant était déjà ténèbres.

Giovanni avait un cabanon sur les terrasses en friche, sous une cime de pins : il était sûrement là. De fait, il arriva sur le sentier. Il était emmitouflé. On ne voyait pas son regard ; à peine son visage.

– J'ai entendu appeler du Stracolletto, j'ai eu l'impression de te reconnaître. Il n'y avait que toi pour passer par ici à cette heure. Tu es monté exprès ?

– J'ai demandé de tes nouvelles au café de Pietrabruna.

– A Pietrabruna, on rit de moi.

– Pourquoi veux-tu qu'on rie de toi ?

– Ils m'ont brûlé mes abeilles.

Edoardo ne savait que dire.

– Pourquoi restes-tu ici tout seul ? demanda-t-il.

– Je n'y suis pas si mal. J'ai un amandier, le figuier, un néflier d'Espagne et, dans l'étable, une chèvre à qui ne manque que la parole. Elle a probablement raison de ne pas parler à ce monde mauvais.

La chèvre avait entendu les pas et l'appelait, timidement. Une fois arrivés en haut, Giovanni alluma une lampe à huile. L'ombre épaisse glissa sur la pierre.

– Tu as déjà mangé ?

– C'est sans importance.

– Tu ne vas pas faire la descente le ventre vide. Si tu manges quelque chose, je te tiendrai compagnie. C'est un honneur d'avoir la visite d'un capitaine de bateau. – Il se pencha, mit une cale sous le pied de la table. – Voilà, comme ça elle ne branle plus.

La lune surgit de derrière un rocher et se posa sur un sorbier, en couvrit d'or le bois rose.

– Il doit y en avoir des nuits de lune, sur la mer !

– Ce n'est pas la lune qui manque, dit Edoardo.

Il repensait à ses compagnons. A peine un jour qu'il les avait laissés, et il avait déjà l'impression que cela faisait très longtemps. La colline enchantée par la lune les rendait lointains.

– Et tu n'es pas allé à Toulon ?

– J'en viens, je suis arrivé ce matin. Il y avait une aube blanche...

Mais il coupa court. Vouloir expliquer une clarté de bon augure à un homme désespéré, c'était vouloir dire trop de choses...

La lune nageait entre les cimes et les pics. Là-haut, peut-être, des bergers la regardaient.

– Les troupeaux sont déjà descendus ? demanda-t-il.

– Ils doivent être en train de descendre. Ce matin il y avait du givre. Moi aussi, j'ai vu l'aube. Elle était plus blanche que d'habitude.

– Merci pour le dîner.

– Pour ce que je t'ai donné !

– Rien de meilleur que l'huile sur le pain rassis.

– Attends ! Sur le Stracolletto, la terre se brise déjà en mottes. Elle sent tout de suite l'arrivée de la tramontane, dit Giovanni.

Il alla au noyer et tailla un bâton, dans le froissement des feuilles sèches.

– Fais attention : la crête au-delà des pins est exposée à tous les vents.

– Je le sais bien. Je connais l'endroit.

– Il viendra, le jour où tu m'emmèneras à Toulon ?

Edoardo posa une main sur son épaule.

– Merci aussi pour le bâton.

Il marcha sur la terre molle, puis dure, puis de nouveau meuble. Il allait aussi vite que lui permettait son cœur. Les escaliers des terrasses montaient au ciel. Friches désolées. Lui revenaient en mémoire ceux qui les avaient aménagées en s'enfonçant dans la pierraille jusqu'aux genoux.

Il fit un large détour, mais il ne put arriver à son oliveraie, le sentier était envahi par les genêts épineux. Il la regarda d'en bas : presque un fantôme campé dans l'air. C'était peut-être mieux de ne pas s'en approcher, de ne pas voir ce qu'elle avait souffert.

Il reprit sa marche. Un murmure de vent venait des montagnes, et des bouffées montaient de la mer, selon l'orientation du chemin. Dans les oliveraies et les jardins, la pénombre recouvrait l'abandon. Sur le manteau gris des collines, dans un filet de lumière, le toit et le campanile du Sanctuaire des Grâces.

« Ne plus repartir, pensait-il, en approchant de Pietrabruna, avoir une vigne au soleil, ou être un berger avec la bergerie enterrée et le cabanon noirci par la fumée, d'où l'on aperçoit la mer. » C'était une belle nuit, cela faisait un effet étrange de voir le ciel étoilé, sa paix, sur ces sites âpres : sur les crêtes d'Argenta, le carré de Pégase pointait vers le nord, en direction des Gardiens du Pôle.

Il revoyait son oliveraie, avec le cognassier aux fleurs d'un blanc rosé, et le néflier d'Espagne, fruits épars autour du tronc sur la terre couverte de gelée blanche... C'étaient des choses dont mieux valait ne plus parler. Douloureuse ombre d'argent.

Il arriva au jardin de sa maison et entendit un froissement de feuilles de figuier. C'était Clara qui l'attendait.

– D'où viens-tu ? Je suis déjà passée une fois.

– De nulle part. J'ai fait un tour. Je ne pensais plus que tu reviendrais cette nuit.

Ils entrèrent. Elle ouvrit le couvercle du poêle et se baissa pour prendre du bois. Elle montrait ses jambes : fines aux chevilles, bien tournées plus haut, où elles se perdaient dans un bleu semé de petits tournesols.

– Comment es-tu habillée ? Tu as toujours porté des jupes noires.

– J'avais besoin de couleurs, pour égayer nos adieux.

– Je ne suis pas encore sur le départ.

– Mais moi je peux m'en aller.

Dehors l'amandier frissonnait, et, de temps à autre, grinçait de vieillesse. On entendait les sabots d'un mulet sur les pavés du village. Quelqu'un partait déjà pour sa campagne. Certaines se trouvaient à deux ou trois heures de là. Il se souvint qu'on disait : « La route de ton champ n'est jamais longue. »

Une lumière nette frappait le versant, presque un souffle, qui suggérait une grande douceur. Çà et là, des buissons d'églantiers, aux fleurs blanches. Plus haut, le ciel sur la roche.

– Le ciel est trop pur, le temps tourne.

– Je crois que je n'ai jamais vu un ciel aussi léger.

A une table on parlait du temps, à une autre on jouait aux cartes. Edoardo pensait à Clara. Il était assis seul. Il se souvenait qu'elle craignait le vent, il la revoyait une main levée, posée sur ses cheveux, pendant que là-bas, sur la mer, le vent commençait à souffler.

La patronne quitta le bar et vint à sa table. Elle lui demanda s'il avait vu Giovanni.

– Il est dans un bel endroit, sous des pics très hauts, au-dessus des oliviers.

– Mais pourquoi il se cache ?

– C'est une question de caractère.

– Nous, les Anglais, dans ces cas-là nous buvons. Si vous le revoyez, dites-lui de venir.

– Je le ferai, madame.

– Appelez-moi Anne. J'ai l'impression de vous connaître depuis très longtemps.

– Ici aussi, c'est un bel endroit.

– Vous l'avez vu à la fin de janvier avec les amandiers en fleur ?

A ce moment, entra don Alberto. Il salua de la porte. C'était un homme expansif, avec une voix forte. Il rejoignit tout de suite Edoardo, se pencha pour l'embrasser, en l'empêchant de se lever.

– C'est un ami, un vrai, dit-il.

– Assieds-toi et bois quelque chose.

– Nous parlions, dit Anne, je lui demandais s'il avait vu la bordure d'amandiers sur les terrasses en janvier.

– C'est comme si je ne m'en souvenais plus.

– Il est toujours en voyage, dit don Alberto. N'est-ce pas que tu es toujours en voyage ?

– Plus pour longtemps.

– Moi aussi, je songe à prendre ma retraite ; dans les moments de fatigue, je pense à l'hospice.

– Tu n'y résisterais pas trois jours. Il faut rester debout aussi longtemps qu'on le peut, même fatigué, même quand on est sur une vieille charrette.

– Tu pars pour où, cette fois ?

Edoardo fit allusion à la côte vers laquelle il devait naviguer, mais ne dit rien de la cargaison. Alberto posa une main sur son bras et lui parla de saint Jérôme, né sur cette terre, un saint d'une grande rigueur et à l'imagination ardente.

– Je ne la savais pas terre de saints.

– Pense à lui quand tu approcheras de la côte. Elle a toujours été une manière d'enfer, terre disputée, Slaves de diverses espèces, Byzance, Venise, Turcs.

– Qu'est-ce que je peux vous servir ? demanda Anne en se levant.

– Vous avez une bouteille de malaga ? On faisait ici un excellent malaga, autrefois.

– Il y avait des années qu'on ne s'était pas vus, et puis tout d'un coup, deux fois en quelques mois.

– Je n'imaginais plus te rencontrer, et quand je t'ai vu l'autre soir sur la colline de San Michele, je t'ai pris pour un voleur. Tu avais un regard…

– Quel regard ? Tu étais avec un bel ange gardien.

– Laisse-moi réfléchir… C'était le regard de quelqu'un qui fait front, comme certains de mes compagnons de navigation.

– Merci pour la référence. Tu as de bons compagnons ?

– Peut-être que oui, grâce au ciel. Mais à quoi ferons-nous front ?

– *Sera di sera*, il faisait plus clair, disait quelqu'un à la table voisine.

– Le soir du soir ? Qu'est-ce que ça veut dire ?

– Hier soir, simplement. Tu ne te souviens pas ?

Alberto ne répondit pas. Il passa la main dans ses cheveux, jusqu'au col usé. Il portait une veste grise qui était devenue trop grande. Et il avait une pâleur sur son visage massif, et un tremblement insolite pour son âge. Edoardo lui demanda s'il avait le vin triste.

– Pas triste, dit l'autre. Dans ces cas-là, on part sur sa route, et on pense.

– Et où étais-tu ?

– Sur le chemin muletier qui mène à la masure de mon père. Nous n'avions rien.

– Tu fais toujours les mêmes promenades ?

Il revoyait les chemins muletiers blancs, les maisons en ruine où entrait le ciel. Des voix discordantes lui revenaient, et beaucoup de pitié pour tout cela.

Il jeta un coup d'œil dehors, aux nuages qui montaient de la mer. Ils n'avaient pas encore vaincu le soleil qui les couvrait d'or éteint ; un faucon allait à leur rencontre, du pic d'Argenta ; il planait du pic à la falaise, maître du ciel.

Il était resté seul, et il regardait. (Alberto était parti en lui souhaitant bon voyage.) Il y avait des oliviers toujours plus cendreux adossés aux rochers qui bleuissaient. On cultivait aussi les citrons, aux temps lointains, sur les terrasses les moins avares de terre meuble, légère. On en fournissait aux flottes anglaise et hollandaise, dans des barils de sel. Quelques citronniers étaient encore visibles, dans la prolifération des ronces.

Et il pensa aux arbres disparus : néfliers d'Espagne, cognassiers ; puis aux buissons qui accompagnaient les sentiers vers les campagnes hautes, et qu'il n'avait pas revus : genévriers et églantiers. La mémoire est une nef légère. Elle le portait vers certains matins, avant l'aube, dans le vol des engoulevents qui tambourinaient dans la brise, de leurs ailes légères. Ils suivaient les troupeaux, en chasse d'insectes.

– Qu'est-ce que vous faites là, tout seul ?

– J'attendais la tombée du soir.

– Il est tombé, dit Anne ; elle lui indiqua la baie vitrée. Allez au téléphone, on vous appelle de Toulon.

« C'est déjà l'heure ? » se demanda-t-il.

Oui, l'heure était déjà venue. Il était accablé. Il commençait tout juste à se sentir bien, et il lui fallait mettre sa mémoire en veilleuse et repartir. Il n'avait presque rien fait de ce qu'il espérait.

Il alla chez lui et écrivit un mot pour Clara, fit sa valise. Il fixa le papier à la porte avec deux punaises.

Il descendit par les escaliers, jusqu'à la place de la vieille église où il avait laissé sa voiture. Deux vieux se tenaient sous le lampadaire, appuyés sur leur bâton, le visage paisible.

– Qu'est-ce que vous faites ? Vous vous promenez ?

– Nous attendons le courtier. Nous avons notre tas d'olives au grenier.

– Le cours est bon ?

– Douze lires le boisseau. (Ils voulaient dire douze mille.)

– Ce n'est pas bien cher. Ça fait quelle quantité d'huile ?

– Trois kilos à peine, et elle n'est pas vraiment ronde.

– Moi, je l'aime avec ce fruité.

Il les reconnaissait, rugueux et sereins, très vieillis. Il savait où ils avaient leurs oliveraies, une pente aux ombres profondes et qui attirait le soleil sur le faîte ployé des arbres. Il avait envie d'échanger quelques mots avec eux avant de prendre congé.

– Combien sommes-nous, aujourd'hui ?

– Quatre-vingts, dit l'un.

– Cinquante, corrigea l'autre humblement. Vous vous rappelez, quand il n'y avait pas encore la route ? J'en ai porté là-haut sur mes épaules, au cimetière de bon repos.

– Bien, je dois partir. Je vous donne le bonsoir.

– Bonsoir à vous, bon voyage.

Il descendit jusqu'à la mer. Puis il remonta pendant quelques minutes une bretelle d'autoroute et là, à un carrefour éclairé, il comprit pour de bon qu'il laissait femme, maison et amis. Et c'était dur, à la fin de sa carrière.

Il arriva à Toulon sans presque s'en apercevoir. Il rejoignit son bateau. Ils dormaient déjà tous, excepté deux qui écoutaient une radio accordée sur les ondes courtes. Il alla dans sa cabine, s'allongea sur la couchette. On entendait la balise à cloche et la mer qui se brisait sur le môle principal. Cela aurait plu à Clara, à son âme inquiète. Il l'imagina avant de s'endormir. Enveloppée dans un imperméable clair, qui lui comprimait la poitrine et rendait son corps intimement sévère, son visage était noble, comme toujours, avec un rien de tyrannique dans les yeux et sur la bouche. Il se souvint d'une conversation, saisie par hasard, entre elle et un individu de Monaco.

« *Tâchez de comprendre,* disait-elle. *J'ai fait l'amour avec un tas de messieurs, c'est toujours devenu moche. Il y a un marin d'un côté et un tas de messieurs de l'autre.*

– *Quel malheur pour moi. Votre image ne me quitte pas, je meurs de ne pas vous voir nue.*

– *C'est parce que vous sortez de prison. On sait bien qu'on devient des vicieux ou des adolescents, là-dedans.*

– *Le malheur c'est que je vous ai rencontrée, et vous êtes, je peux bien le dire, ma maladie...* »

Le *malheur* perdait son temps et les yeux de Clara n'étaient pas sévères, mais rêveurs.

Il se demanda pourquoi lui revenait à l'esprit ce dialogue qui remontait à quatre ans. Pour se remémorer la fidélité de Clara, à sa manière, une longue attente ?

Le lendemain, il trouva Manuel dans le carré des officiers.

– Tout est en ordre ?

– Tout est en ordre.

C'était une belle matinée, minérale ; on voyait au hublot un nuage qui ruait dans le ciel. Le *Hondurian* immobile semblait encastré dans la mer.

– Rien de neuf ?

– On part d'ici vingt-quatre heures. Comment s'est passé le séjour chez toi ?

– Bien. Tu n'es allé nulle part ?

– Je suis resté à Toulon, j'ai revu Annick... On la croit de feu et elle est de glace, elle provoque les hommes. Encore une chance que je ne perde pas la tête facilement.

– Moi, par malheur, je la perds de temps en temps.

– Je ne crois pas, dit Manuel, surpris. Buvons donc notre café. Cette nuit, je n'ai pas beaucoup dormi. François nous attend à l'agence.

Ils descendirent du bateau et marchèrent le long des quais et des embarcadères.

– Tu ne trouves pas que, ce matin, la terre montre son squelette ? Regarde ces hauteurs nues.

– Elles sont dépouillées, je ne vois pas de différence avec les autres jours.

Ils montèrent un petit escalier. Un homme et un chien y étaient assis, leurs regards étaient tristes. Edoardo mit quelques pièces dans le béret posé sur la marche.

François les accueillit avec cordialité. Il souriait derrière le vaisseau fabriqué par des bagnards.

– On dirait que tu as de ces pudeurs, tu n'as pas voulu voir ce qu'on chargeait.

– Et qui n'en a pas ? dit Edoardo.

– Encore une chance que je te connaisse, je sais comment tu te comportes le moment venu, une certaine réputation t'accompagne, tout l'équipage t'estime.

– Cette fois, elle est peut-être imméritée.

François lui remit des feuillets. C'étaient les documents de la cargaison et, comme c'était la règle, le premier officier les avait déjà signés. Naturellement, rien dans cette liste n'était vrai. Puis il lui demanda comment cela s'était passé chez lui.

– Toujours les mêmes problèmes.

– Tu les as résolus ?

– A peine effleurés. Avec un peu plus de temps...

Juste le temps de commencer à comprendre, et il fallait repartir.

– Je vous attends aujourd'hui pour le déjeuner, je veux dire tous les officiers. Vous partirez probablement cette nuit.

– Au point où j'en suis, j'aimerais être déjà en mer.

– Messieurs, dit François dans le jardin de sa villa, vous êtes tous des hommes de valeur, vous allez entreprendre un voyage important. Haut les cœurs !

Il ajouta qu'ils avaient l'air un peu tristes, prisonniers d'eux-mêmes. Mais ils en étaient au premier d'une série de voyages qui allaient les transformer.

Ils étaient sept, quatre officiers de pont et trois officiers mécaniciens, et tous silencieux ; seul François, leur ancien collègue, savait se faire éloquent quand il le fallait. Le déjeuner était fini, ils étaient assis parmi les oliviers, les caroubiers et les pins si soufrés qu'ils semblaient en fleur bien que ce soit l'automne. On voyait la ville et les rades, le port coupé par l'ombre des bateaux et des môles, avec les vagues allant en sens contraire à cause du vent qui ricochait.

– Tous les fleuves vont à la mer et la mer n'est jamais pleine, dit le premier officier ; et il laissa le dicton en suspens.

Puis il s'aperçut qu'on attendait une explication, et il ajouta qu'il avait pris la routine en haine et qu'il ne voulait pas arriver au jour de sa mort sans s'en apercevoir. Il s'était levé et son visage s'était éclairé d'un vague enthousiasme, mais ses yeux étaient froids. Derrière lui, la sécheresse courbait la tête des viornes dans l'air frissonnant. Annick allongeait les jambes près d'un buisson, le menton dans une main.

Edoardo, accablé par un vague sentiment de culpabilité, ne dit pas un mot, jusqu'au moment où Annick vint s'asseoir à côté de lui.

– Ils ne me semblent pas très responsables, surveillez la situation, tenez-les sous votre contrôle.

– En ce qui me concerne, je n'ai pas à me plaindre, lui

dit-il, ils connaissent leur travail. C'est plutôt le voyage qui me préoccupe ; je n'y vois pas très clair.

– On voit que vous êtes consciencieux, dit la femme.

Puis elle lui demanda comment était sa maison, avec un léger sourire. Peut-être voulait-elle qu'ils se séparent sur une note gaie.

– Une chaise, une table, un lit me suffisent pour que ce soit ma maison. Quant à l'endroit, il est très ancien et dégradé.

– Vous pouviez rester ici, mais vous nous avez quittés. Quelqu'un vous attendait ?

– Oui et non. Je croyais avoir besoin de faire un examen de conscience.

– J'imagine que vous l'avez fait.

– Je n'en ai pas eu le temps.

– Je vous souhaite un bon voyage et des pensées heureuses.

Chapitre dixième

Ils partirent de nuit. Edoardo pensait au port détruit, à l'amie de Giovanni sur le quai. Il avait l'impression de rêver les yeux ouverts. « On dit que lorsqu'on se prépare à des événements graves, on a des rêves prémonitoires. »

Sur mer on se sent orphelin, le navigateur pense à tout ce qu'il a laissé, et les conflits qui, à terre, séparaient le mal du bien prennent une autre tournure. On descend dans une sorte de grande vallée, on entre en contact avec l'univers, et les messages qui arrivent du continent semblent ceux d'une cathédrale évanouie. On jette sur la mer un regard qui a toujours quelque chose de perdu. L'homme de terre ferme croit que le marin est heureux de naviguer, il ne sait pas qu'il est tissé d'angoisses et de rêves et qu'il a l'impression d'aller sur une voie qui ne conduit en aucun lieu. C'est pour cela qu'il se prend d'amitié pour les instruments qui lui font tenir la route et le mèneront quelque part. Le marin n'arrive jamais dans un lieu à lui, il ne possède rien en propre, son regard le plus attentif est toujours muet. Il parle pour se tenir compagnie, ou il se tait, et quand il parle, souvent il délire, il n'a personne à convaincre.

Ils étaient dans le carré, et le premier officier demanda à Edoardo s'il était inquiet.

– Inquiet ? Je ne crois pas, j'ai juste eu un instant de défaillance. La mer est bonne ?

– Excellente, pour l'instant nous naviguons à vue.

Manuel était de quart, sur le pont, et le deuxième officier dormait.

– Henri, pourquoi n'allez-vous pas vous reposer, dans trois heures c'est votre tour. Laissez-moi la bouteille de Gordon's et allez dormir un peu.

– Je n'ai pas sommeil, je préfère vous tenir compagnie.

– Comment est la nuit ?

– Étoilée, dit Henri.

– Hier soir, il y avait des nuages.

– Ils ont disparu. C'étaient des nuages de chaleur.

– Le vent souffle de la terre ?

– Il n'arrive pas jusqu'ici.

Henri versa encore à boire. Edoardo alluma une cigarette. Elle avait un goût salé. Ils sortirent et montèrent sur le pont. La mer était calme, lumineuse par moments. Le roulis était faible.

– Le centre de gravité s'accorde avec le centre de poussée.

Le *Hondurian* se balançait en douceur. Il faisait froid. Edoardo invita de nouveau son compagnon à aller se reposer. Visage hâve, yeux vitreux, il faisait peine à voir. Sous les cheveux en désordre, le front était piqueté de rougeurs. Il lui demanda pourquoi il avait choisi la mer.

– Je la voyais en rêve. Elle me fascinait. Je n'y suis pas né, comme vous.

– Je ne suis pas né sur la mer à proprement parler, dit Edoardo. Je la voyais d'en haut. Les vents qui en venaient nous apportaient sa clarté.

Il revoyait les promontoires dans le soir : la mer dans la lumière, et la terre dans l'ombre.

– Vous aimiez la regarder...
– Pas tant que ça. Ce sont ceux qui menaient à paître qui la regardaient. Les bergers étaient observateurs.
– Pourquoi n'êtes-vous pas devenu berger ?
– Investir dans les bêtes, c'est peiner sans cesse... plus que dans notre métier.
– Vous ne l'aviez pas décidé depuis votre enfance ?
– Décidé quoi ?
– D'être marin.
– Quand j'allais sur les versants d'où l'on ne voyait pas la mer, j'éprouvais un sentiment de repos, mais aussi de faute. – Et il revoyait son paysage net : collines et rochers au contact d'une immensité. – Les sentiments de faute, ajouta-t-il, on n'y échappe jamais.
– Moi aussi, j'ai l'impression de trahir quelque chose, dit Henri. Et vous ?
– Ça fait déjà longtemps.
– L'important est d'être solidaires.
– Sur ce point, pas de discussion.
– Il me semble qu'au loin le vent a tourné. Il y a du clapot sur ce bord.
– Il est insignifiant.

Ils avaient passé les îles d'Hyères, ils étaient devant la corniche des Maures. C'était l'endroit où Edoardo avait souvent pensé aller vivre. Le soleil dans le maquis méditerranéen, dans les branches des chênes-lièges : sur les troncs écorchés il semblait saigner, et couler sur les myrtes.
– Manuel me préoccupe, dit-il ; il est si jeune. Si nous allions lui faire du mal ?
– Il n'y a aucun danger là où nous allons, le danger est pour ceux qui y vivent. Ils se sont toujours déchirés.

Jadis, c'étaient les bogomiles... vous n'en avez jamais entendu parler ? Une secte dualiste persécutée jusqu'à sa disparition. Ils croyaient à deux principes, un bon, créateur de l'esprit, l'autre mauvais, auteur et animateur de la matière, qui tient les hommes prisonniers.

Manuel apparut à la porte.

– Excusez-moi de vous déranger, dit-il. Le compas dévie constamment, il est sensible au métal des armes.

– C'était à prévoir, dit Edoardo.

Ils allèrent contrôler. Ils placèrent des aimants compensateurs dans l'habitacle.

Le radio était venu voir, lui aussi.

– N'appelle personne à terre, lui dit Edoardo. N'envoie aucun signal ; autant que possible, borne-toi à écouter.

– Je reçois bien les radiophares... L'incognito total ?

– Total.

Maintenant le *Hondurian*, vieille carcasse qui tenait bon, prenait le large, juste au moment où il approchait de la Ligurie, de ses rives argentées. « De toute manière, pensa Edoardo, je n'aurais pu y chercher que ce que j'ai déjà vu, ce que je connais déjà. » Il aurait pourtant volontiers donné un regard à la côte abrupte, au Grammont blanc et perdu dans le ciel.

On voyait encore les phares du cap d'Armes et du cap Camarat, tous les deux blancs, le premier à deux feux successifs, le second en séries de quatre. Puis le cap d'Armes portant à vingt-trois milles disparut de l'horizon. Voir disparaître un phare, c'était s'éloigner d'un message, d'un conseil. Et le cap Camarat agonisait maintenant dans le ciel, par réflexion, au-dessus de la courbure terrestre.

Il quitta le pont et alla se coucher. Le roulis était

de plus en plus paisible : le bateau filait doucement. Dans son demi-sommeil (ou dans son rêve ?), sa mère lui apparut. Elle était assise sur un de ces coteaux de Ligurie qui sont d'un argent sec en hiver, d'un air frais en été. Elle souriait ; même ses yeux étaient souriants.

« De quoi crois-tu que je suis morte ?

– Mais je ne sais pas... le sang... goutte à goutte...

– Non, ce n'était pas l'hémorragie cérébrale. Je suis morte de mélancolie... Tu as semé le deuil sur ton chemin. »

Il se leva et regagna le pont. Sur un secteur de l'horizon, le vent soufflait. Il y avait de hauts cirrus disposés en longues bandes, avec des halos dorés. Ils étaient à un quadrant de la route du bateau, et la dépression se dirigeait vers eux avec des nuages chargés de pluie. Mais, dans la queue, le temps était déjà clair et laissait la place à un bleu où passaient des diamants.

C'était une dépression de faible profondeur, avec des sautes de température.

Il rencontra Henri, qui terminait son quart.

– Comment était l'aube, ce matin ?

Henri hocha la tête :

– Je ne l'ai pas observée. Elle m'a paru verdâtre.

– Vous ne pensez qu'aux terres où nous allons ?

– Ne plaisantez pas, ce sont des terres fascinantes mais dangereuses, vous verrez comme elles sont piégées, il faudra être sur nos gardes... Les bogomiles d'autrefois, protégés par le sultan, sont devenus musulmans. Ce sont des gens raffinés. Ils ont été élevés dans la haine de Rome et sous le Croissant.

– Pour les dangers, je suis d'accord... Excusez-moi si j'ai plaisanté.

– L'aube, elle m'est arrivée dessus d'un coup, à l'improviste. Elle m'a paru verte, avec dedans quelque chose d'autre, de plus transparent. Il va pleuvoir, qu'est-ce que vous en pensez ?

– La pluie est déjà passée.

Des bandes d'hirondelles de mer et de passereaux les survolaient, ils allaient sans doute vers la Sardaigne, fuyant l'automne. Leur vol était lent, avec des angles brusques ; ils planaient pour venir effleurer les vagues. Ils émettaient une double note.

Un Toscan avec qui il avait navigué appelait âmes ces hirondelles, plus exactement *animine*, petites âmes, à cause de leur vol fou. Il avait connu tant d'hommes, dans ses navigations, dont il avait aujourd'hui du mal à se souvenir, et dont beaucoup étaient probablement morts. La nef de sa mémoire pesait plus de ce côté-là que de celui des vivants.

Maintenant les hirondelles s'éloignaient en se fondant dans l'azur. Il se sentait assez fatigué et retourna en bas. Si le cœur cédait aux souvenirs, il était perdu. Mieux valait avoir peu de mémoire pour naviguer. Mais, dans le silence de sa cabine, il se mit à penser à tous ceux qu'il avait laissés à Pietrabruna, à Giovanni et à la musique défunte de ses abeilles, à Clara, à Alberto et à sa foi naïve. Il les voyait dans une lumière nouvelle, ou du moins le croyait-il. Peut-être étaient-ils seulement rongés de sel dans la lumière uniforme de la mer.

Le maître d'équipage vint le chercher. Deux caisses bougeaient dans la cale. Ils allèrent voir tous les deux.

C'était un homme qui ne parlait jamais. Des restes de sourcils blonds dominaient un regard douloureux et clair. Il était grand ; sa tête blanche tranchait sur les teints sombres de la majorité de l'équipage.

– Il suffit de bien les arrimer.

– Nous allons modifier un peu la route pour éliminer le roulis, jusqu'à ce que vous ayez fini le travail.

– Ce sera vite fait.

– D'où êtes-vous ? demanda Edoardo pendant qu'ils remontaient.

– De Moustiers-Sainte-Marie, pas exactement de Moustiers, mais d'une bastide sur les rochers, à la bordure du plateau.

– Nous sommes donc tous d'un arrière-pays, sur ce bateau ?

– Les villages déclinent. J'ai fait mon service dans la marine. J'ai appris le métier.

– Il y a encore la chaîne du croisé attachée au rocher, au-dessus du couloir ?

– Vous y êtes donc allé ?

On commençait à voir la Corse, sa ligne de montagnes allongées dans le sens du méridien. La profondeur des fonds facilitait la navigation, même tout près, mais il était préférable de rester à distance. Le Monte Asto passait, avec sa barre qui se dressait brusquement au-dessus de la mer. Derrière ses neiges, le ciel était plus indigo qu'azur. Puis la crête s'abaissait pour remonter de nouveau. Cet indigo le ramena chez lui. Il l'avait vu tant de fois suspendu au-dessus des pins. Une bande verte, un ciel : quoi de plus sobre ? La nature construisait dans la simplicité.

– La nature est monacale, dit-il au déjeuner. Avez-vous vu un ciel sur un arbre ?

Mais personne ne releva la remarque. Ils parlaient d'autre chose.

– Les matelots ne doivent pas comprendre où nous allons, dit le premier officier.

– Les matelots s'en fichent, dit Manuel. – En bon Espagnol, il méprisait le monde entier ou presque. – Mais j'approuve quand même. Il vaut mieux qu'ils continuent d'aller en aveugles, qu'ils ne se mettent pas des idées dans la tête.

– Quelles idées ?

– C'est sans importance. Pourvu que de temps en temps l'un d'eux esquisse quelques pas de danse, ils sont contents.

– Vous aussi, vous semblez content.

– La vie est la vie, nous y jouons une carte.

Le vent était au nord-ouest, mais faible. Les nuages à l'horizon passaient du rose au jaune d'or, ils se découpaient sur le ciel serein.

– Excusez-moi, dit Henri, est-ce que je peux faire une observation ? Cette nuit, nous avons fait un grand nombre de milles en plus, en longeant les côtes.

Edoardo dit qu'il y avait une raison. Ils avaient évité la zone où navires de guerre et sous-marins français faisaient fréquemment des manœuvres. Ceux-ci naviguaient tous feux éteints, lançaient des fusées et autres signaux lumineux auxquels il fallait répondre. La première fois qu'il était tombé dessus, il les avait pris pour des signaux de détresse.

Un sourire triste erra sur les lèvres d'Henri :

– Je vous félicite, commandant.

– Mais est-ce que nous ne travaillons pas pour eux ? demanda Manuel. Avec leur accord ?

– Pourquoi veux-tu mettre absolument les points sur les i ?

– Nous n'en sommes pas certains ?

– C'est un travail compliqué ; officiellement, personne n'est au courant. Dans la mesure du possible, mieux vaut ne déranger personne.

– Ça ne me plaît pas de naviguer à nos risques et périls, dit le deuxième officier.

Et Manuel, une lueur dans les yeux, répéta :

– La vie est la vie. Oui ou non ?

Le déjeuner était fini, c'était l'heure de lever la séance. Ils montèrent sur le pont. On approchait des Sanguinaires, et des courants forts et irréguliers commençaient à se faire sentir. A gauche, la sèche du Tabernacle. Au loin, une côte semée d'îlots rocheux.

Au-dessus du golfe d'Ajaccio apparurent la pointe de San Pietro et le Monte d'Oro. La mer n'était pas forte et le vent était froid, le soleil ne chauffait plus. Les ombres violacées commençaient à monter des grands fonds. Le deuxième officier et Edoardo quittèrent le pont avant et descendirent sur la plage arrière. Le château les protégeait. Un soir de lumière s'étendait à l'occident. D'autres soirs revinrent à la mémoire d'Edoardo : ombres brisées des murs, oliviers qui s'inclinaient vers le couchant.

– Qui avez-vous laissé chez vous ? Vous me l'avez peut-être déjà dit.

– Deux fils qui doivent terminer leurs études. Si on me confisque mon livret de navigation, comment trouverai-je du travail ? Les enfants sont les enfants.

– Au cas où ce serait nécessaire, dites que je suis le seul responsable.

– Vous n'avez laissé personne, vous ?

– Mettons que je ne suis pas indispensable, dit Edoardo.

Il regardait le rideau d'azur au-dessus de la mer, la ligne qui montait jusqu'au désert du Monte d'Oro.

– Je n'ai pas de famille à proprement parler, dit-il encore.

– Vous êtes ici par goût de l'aventure ?

– Pas du tout. Moi non plus, je ne veux pas finir misérablement. Vous voulez connaître mon sentiment ? A vous, capitaine de Gravelines, je peux le dire. Nous évoluons dans les eaux mystérieuses des services secrets. Nous attendons des ordres. On va boire à l'intérieur ?

Ils allèrent au carré des officiers. Ils y trouvèrent Henri. Dans le hublot, le violet tournait au noir, velouté.

Le deuxième officier parla de sa femme, qui était belle et aimable. Elle constellait la maison de coquillages qu'elle récoltait à marée basse, de fleurs qu'elle faisait ensuite sécher, et remplissait des paniers de leurs pétales. (Sur mer, tout devient beau.) Les enfants faisaient de la voile.

– Ils font leurs études de capitaine au long cours ?

– Ni l'un ni l'autre. Et j'en suis plutôt content. Notre travail est un travail de fils de personne.

– Autrefois, c'était un travail de fils de veuves, dit Henri. Aujourd'hui on ne meurt plus, mais on va à la dérive.

Et il se mit à pester contre le voyage qu'ils étaient en train de faire.

– Inutile de pester, dit Edoardo. Tâchons seulement de revenir au port.

– Toute ma vie, je n'ai fait que ça... Quand je pense à tous ces gens qui restent à terre. Le pouvoir est étrange, le monde mauvais, conçu par un démiurge inférieur échappé des mains du roi de la lumière.

Henri était en proie à la crise des premiers jours de navigation, crise violente et lumineuse. De temps en temps, au hublot, le noir-violet s'éclairait. Mer mystérieuse. Elle ne manquait jamais d'attraits somptueux.

– Je vais relever Manuel, dit le deuxième officier. Où sommes-nous ?

– Dans les bouches de Bonifacio. Si le compas s'affole, ce sont les câbles sous-marins.

Edoardo se retira dans sa cabine. Il pensait à Tristan (c'était le nom de cet officier), à la femme qui l'attendait en cueillant des fleurs, dans son imagination, aux fils qui allaient sur la mer par jeu, aux longs rivages du Nord près du fleuve. Et de la vie de Tristan il passa à la sienne : une évanescence sur les collines ligures, avec ses retours et ses fuites. Une évanescence ? Une confusion de souvenirs. Peu de ceux-ci étaient consistants. Il essaya de les revoir.

Clara, il l'avait connue à l'embouchure d'un torrent, dans le poudroiement des champs de lin. Elle revenait de la mer et elle était fraîche et joyeuse. Elle, de cette première rencontre, elle ne s'était jamais souvenue. Puis il l'avait revue dix ans plus tard et elle était toute repliée sur elle-même, la tête inclinée sur le cou mince, mais sous cet extérieur elle laissait deviner des ondes, des élans, une harmonie secrète. Elle répondait ironiquement quand on lui parlait. Le seul sujet qu'elle acceptait était la mer. Elle en rêvait nuit et jour.

Et un jour, après de nouveaux voyages, ils allèrent ensemble à la mer. On était en septembre et les myrtes donnaient leurs dernières fleurs. Ils se mettaient à l'écart, au pied d'un rocher où les faucons volaient au-dessus des mouettes. Les Alpes s'avançaient, menaçantes, jusqu'au rivage. Le soir, les ombres descendaient sur son corps, après l'hallucination du soleil. Il aurait voulu ne jamais cesser de la contempler, de se perdre dans ses bruns et dans ses ors.

Il arrêta ses souvenirs : quelqu'un frappait. Il dit d'entrer. C'était Manuel.

– Le dîner est prêt, commandant. Nous vous attendons.

Le ciel était étoilé. Courants insignifiants, dus à la marée océanique, et vents d'ouest. Ils sortaient des bouches. Il monta sur la passerelle de commandement, où se tenait Henri.

– Allez dîner, je resterai là.

– Merci, dit Henri, ne vous faites pas de souci, c'est mon tour de quart. Le pilote automatique ne fonctionne plus.

– Ne jamais s'y fier... Ce n'est pas une grande perte.

Il donna un coup d'œil aux éphémérides : rien à signaler. Puis au ciel : Jupiter resplendissait, énorme mais comme morcelé, ses satellites devaient passer devant le disque. Les étoiles autour semblaient des minéraux perdus. Il arrêta de regarder pour ne pas succomber à un sentiment de mélancolie. Il pensa à son village, aux oliviers de ses pentes, qui s'accordaient à la majesté du cosmos, comme des rêves de pierre.

Vue du hublot, la mer était une aile douce, infinie. Edoardo était resté seul avec Manuel dans la pièce nue. Tristan était allé dormir, et Henri finissait son quart sur la passerelle.

– Tout va bien, commandant ?

– Tout va très bien. L'important est de ne pas avoir de regrets.

– Je n'en ai pas parce que je suis le plus jeune, et toi parce que tu es le plus vieux.

– Quand j'avais ton âge, je n'aimais pas naviguer. Je manquais de désinvolture. Aux ports, je poursuivais des chimères, je ne m'en détachais pas facilement. Il suffisait d'une femme sur le quai pour me rendre le départ douloureux.

Sur la table, il y avait une bouteille et un vase de fleurs artificielles, sur lesquels descendait la lumière des lampes vissées aux travées. Manuel étreignait le vase d'une main brune, baguée.

– Pour l'heure, la seule chose que je regrette, dit-il, c'est Toulon.

– Et ce village où les femmes chantent seules ? Je crois que tu as dit qu'il est près de Bilbao ?

– Elles sont toujours à la maison ou sur le petit quai pour embrasser l'homme qui part. Mais, pour l'heure, mon cœur est à Toulon. Et le tien ?

– Il va sur les collines, leurs terrasses et leurs petits villages.

Là, le ciel se perdait dans des solitudes moins vastes ; parmi les étoiles, les oliviers et les amas de vieilles maisons, elles étaient innombrables à vibrer, les harmonies minérales.

– A quoi penses-tu ?

– A rien, à des choses sans importance.

– Mon cœur, le soir, est à Toulon, dit Manuel, sur le corps d'une femme. – En bon Espagnol, il était concret et solennel. – Elle a des jambes comme des ruisseaux blancs. C'est la femme de notre agent... Tu ne dis rien ?

– Rien, dit Edoardo.

Les souvenirs se bousculaient. Il voyait Clara qui dansait, fuyant, fuyant, au rythme de la musique, dans un rêve suspendu. Il savait qu'en ce moment elle l'attendait, sans trouver la paix.

– Tu ne veux pas me dire qui t'attend !

– Je pense à la fragilité des marins.

Ils sortirent sur la plage arrière. Ils se mirent à l'abri du château : comme des bergers au pied d'un rocher. On voyait seulement, par intermittence, le feu de la Maddalena ; la terre disparaissait de nouveau.

– Tu disais que nous sommes fragiles, mais à quoi mesure-t-on la fragilité ? demanda Manuel.

– Nous ne savons que tailler notre route sur la mer. Pour le reste, nous sommes désorientés.

– Mais vraiment, chez toi, tu n'as laissé personne ?

– Une femme, dit Edoardo en allumant sa cigarette.

– Elle est belle ? Elle t'attend ?

– Elle a une famille. Je crois qu'elle veut m'oublier, mais elle n'y arrive pas. De temps en temps, elle entre dans une sorte de glaciation, alors elle se gaspille, par réaction. Comme si elle n'était plus elle-même.

– Explique-toi mieux, je ne comprends pas bien.

– N'en parlons plus. Si j'y pense, j'aurai des remords.

Il s'enferma dans le silence.

Aucun ordre ne venait de Toulon. Le radio avait beau appeler, personne ne répondait. Edoardo se sentait désormais seul et responsable. De la passerelle de commandement, il voyait l'activité des hommes, l'équipage s'affairant aux manœuvres, la magie et le bleu du large. La mer du matin était simple et secrète ; le soleil la faisait briller.

Ce silence de la terre (qu'avait-il bien pu se passer ?), l'incertitude de l'accueil dans le port vers lequel ils naviguaient nimbaient le voyage d'un halo d'instabilité, pour ne pas dire de peur. Inutile de se confier aux autres officiers, de faire retomber sur eux une tâche, une décision qui ne leur incombaient pas.

La destination se chargeait de doutes et donnait à ce voyage, si concret, l'apparence d'un rêve.

Il quitta le pont et retourna chez le radio.

– Essaye encore, appelle notre agence.

Le radio essaya inutilement.

– Recommence toutes les demi-heures et dès que tu auras réussi à établir le contact, avise-moi... Mais es-tu sûr que cet appareil reçoit ?

– Je viens de recevoir le salut d'un ferry.

– Pour l'instant, si tu veux, allons boire, dit Edoardo. – Et il conduisit le radio dans le carré. – C'est ton premier embarquement ? demanda-t-il.

– Le second.

« Lui aussi, si jeune, pensa-t-il, sur ce navire incertain. » Il lui demanda d'où il était.

– De Marseille.

– Et toi, Marseillais, tu ne pouvais pas chercher un meilleur emploi ?

Ils se quittèrent sur un regard triste. Ils retournèrent à leur poste. Sur le pont le soleil cognait, il était haut. Le bleu de la mer, écrasé, travaillait sans relâche et la houle se formait. De tous les côtés, les réfractions de l'horizon. Au milieu, un calme chargé d'oubli.

Vers où regardait son esprit, où jouait-il ? Il revoyait un genévrier, une maison dorée de silice terreux, un myrte chargé de fleurs. C'était l'été... Il revoyait un olivier plus lourd de ciel que de branches, même le tronc était bleu clair...

Le voyage avalait les milles l'un après l'autre, dans le scintillement des vagues. Toute la vie se bousculait, les débris du temps se pressaient sur le seuil. Le bleu était tantôt léger, tantôt plus dense, marqué de forts courants, et une forme, comme un rivage lointain, passait sur cet écran, puis tout disparaissait dans l'éclat diffus du soleil.

Il croyait voir de grands voiliers d'autres temps, chargés de religieuse majesté, de paix solennelle, sillonner la mer, dans une harmonie d'un autre monde. Que de choses voyageaient dans le vent de la mémoire...

Pour couronner le tout, un chant s'éleva, venant du maître d'équipage, l'homme du village à la chaîne.

Per troubar moun païs cerco pas dins li cartos,
lou camin per i ana es pas marca,
et per frontiero i a pas que la musico
d'uno lengo vieio que se vôl pas cala...

Il s'accompagnait sur une sorte de luth court, dont il jouait seulement des cordes graves. Le manche et la caisse, décolorés par l'air salin, avaient la dignité un peu hors du temps des longues traversées. Ou peut-être l'instrument était-il déjà dans cet état quand il l'avait reçu en cadeau d'un berger de son plateau ?

« Vers quoi je conduis ces hommes ? pensait Edoardo. Où allons-nous ? Le monde en qui nous avons cru est mort, il est mort fou. »

Midi. Sur la mer se formaient des flux ascendants de lumière. Edoardo était avec les autres officiers, avec son secret. Après la première vague d'inquiétude, les choses lui paraissaient moins graves. Il avait encore toute l'après-midi et la nuit : des messages pouvaient arriver. Était-il possible qu'on les ait oubliés ?

Tristan reparlait de sa famille lointaine et Manuel de sa mère.

– Une femme, disait-il, qui ne vit que pour moi, maintenant que mon père a vieilli prématurément.

Henri semblait absent. Il avait la raie au milieu et ses cheveux pendaient de chaque côté. Il était maigre comme un cavalier de l'Apocalypse.

– J'emporterai mes armes dans la tombe, lança-t-il.

Manuel comprit tout de suite.

– Tu es noble et tu es seul ? Tu es d'une vieille famille ?

L'autre ne nia pas, mais ne confirma pas non plus.

– Tout s'éteindra avec moi, dit-il.

Ce devaient être des hommes dans son genre qui sombraient avec le navire que le sort (la vie, les circonstances) les avait amenés à commander. On en parlait encore. Les passagers, s'il y en avait, descendaient les premiers dans les chaloupes, puis l'équipage ; le capitaine montait sur la passerelle de commandement, s'agrippait à un barreau du bastingage et restait là, pour que le navire, jusqu'à ce qu'il ait coulé, ne soit pas considéré comme une épave. Navire et capitaine entraient dans la légende.

Mais qu'allait-il imaginer là ? Un naufrage ? Quand il sortit sur le pont, la lumière méridienne persistait encore. Nulle terre en vue. Il était avec Manuel : tous les deux seuls, le plus jeune et le plus vieux.

– Annick t'a peut-être dit quelque chose à propos de ce voyage ? Toulon reste silencieux...

– Nous nous sommes retrouvés, la nuit, dans son jardin. Quand nous nous sommes revus le matin, elle m'a fait seulement un sourire de loin. Pour elle, je n'étais qu'un marin de passage.

– Tu n'en sais pas plus que moi, alors.

– Essaye d'appeler.

– Le radio ne fait que ça.

– Nous connaissons la destination.

– Nous devions recevoir une confirmation. Nous ne

savons toujours pas à qui nous devons nous présenter.

– En attendant, continuons, nous verrons plus tard, dit Manuel. – Il ne semblait pas du tout préoccupé. – Nous avons encore presque une journée devant nous.

– Mieux vaut arriver de nuit. Tu parles serbo-croate ?

– Pas un mot. Mais on se débrouillera.

– Pour l'instant, n'en disons rien à personne.

– Tu es inquiet ?

– Je n'ai pas envie que ma carrière finisse glorieusement.

– Mais dans quel piège sommes-nous tombés ?

– Je ne peux pas me l'expliquer.

Ils regardèrent le ciel pur : pas un nuage. Il était si pur que, là où il touchait la mer, il pâlissait. Un squale affleurait puis disparaissait dans le sillage du bateau.

Mais pourquoi avait-il pensé à un naufrage ? Mieux valait revoir en esprit une terre qui entrait dans la mer et ne sombrait pas : le cap Fréhel, rouge violacé de bruyères, et les cormorans endormis sur la roche au-dessus du bleu qui se brisait... Puis la Bretagne s'évanouit à son tour, avec ses pointes dans la brume. Alors son esprit revint à sa maison, telle qu'elle était des années auparavant. Il avait un chien, Astro, qui s'asseyait devant la porte et semblait réfléchir, en fixant un point lointain. Sa mère descendait dans le jardin et une larme lui venait en regardant le chien. Sur l'olivier, le nid de la pie-grièche.

– Ne vous inquiétez pas, commandant. Nous nous débrouillerons.

– Je n'aurais peut-être pas dû quitter Toulon, je n'aurais pas dû aller chez moi.

Cette envie de retourner à Pietrabruna, pour jeter

un coup d'œil, pour retrouver Clara ! Qu'est-ce qu'il lui en restait ? Une sensation d'aube, de corps accueillant, d'un visage qu'une caresse rude semblait modeler. Il l'avait laissée là avec tous ses problèmes.

– J'aurais peut-être dû rester avec vous, dit-il encore, j'aurais compris ce qui se préparait. Je vous ai laissés à la merci de gens irresponsables.

– Tout semblait bien se passer.

– C'est quand tout semble bien se passer qu'il faut être vigilant. Je t'en prie : pas un mot à personne, laissons l'équipage en paix. J'ai l'impression que tout le monde fait bien son travail. La nuit portera conseil.

Tout autour défilait un bleu laborieux et fidèle ; il les emportait avec lui, vague après vague, vers le soir.

Le vent dominant, annoncé par une baisse du baromètre et par la teinte rouge du soleil, était à l'ouest. Le *Hondurian Star* faisait route à l'est et y gagnait un nœud ou deux.

Edoardo essayait de se reposer. La nuit allait être dure, avec les îles et les îlots qui émergeaient devant la côte. Et pour entrer dans le port il faudrait de nombreuses manœuvres et contre-manœuvres. Mais le repos ne venait pas.

Pourquoi lui étaient revenus en mémoire le chien qui méditait et sa mère qui descendait au jardin en le regardant ? Maintenant, il entendait aussi les paroles de sa mère : « Tu l'as rendu fou, avec tes longues absences. » Parfois l'animal se jetait sur les ceps de vigne.

Tout un monde perdu et abandonné à sa solitude défilait devant ses yeux.

Absences forcées, depuis que la terre doucement délaissée avait dépéri dans ses vallées. Les vieux attendaient et les jeunes travaillaient. Aujourd'hui quelques vieux continuaient à attendre et les jeunes tournaient en rond, sans but.

Manuel vint l'appeler.

– Il y a un son sous-marin dans l'hydrophone, nous n'arrivons pas à comprendre.

C'était une série de sons chaotiques qui n'appartenaient à aucun alphabet conventionnel.

Edoardo donna l'ordre aux machines de ralentir, puis demanda à l'homme de barre de virer lentement. Il écouta encore. Le son, venant sur le flanc, était plus intense.

– La source sonore est tout près... C'est notre écho. – Il prit la carte. – Probablement un écueil qui n'affleurait pas.

– Il n'est pas signalé sur la carte.

– Ça arrive.

Maintenant, ils étaient de nouveau dans une zone de silence.

Ils allèrent dans le carré des officiers. Henri y était, sur une chaise boulonnée, la bouteille dans le trou de la table à cause du vent dominant.

– Une dure nuit qui s'annonce, mon cher Henri.

– C'est ce que je cherche.

– Vous emportez avec vous tout ce qui vous reste.

– Vous, vous ne devriez pas avoir peur, avec le prénom que vous portez.

– Mon grand-père le portait, je n'y suis pour rien.

– Et qu'est-ce qu'il faisait ?

– Il était paysan.

Il le revoyait piocher sous les oliviers. Arbres écrasés sous le vent, ils se déliaient dans le ciel pur et déversaient sur les pentes un sillage argenté.

– Mon grand-père, lui, était soldat, officier de carrière. Il est allé mourir à la Première Guerre mondiale.

– Dans mon village, plus de trente y sont morts, sur le Karst, dit Edoardo.

Il voyait des tranchées dans la roche, pendant que l'autre, peut-être, pensait aux jeunes Français partis mourir dans les Ardennes. Quelque chose, dans la mémoire, les unissait, même si ce n'était pas nécessaire : être sur un bateau, c'était comme entrer en religion ; le passé était le passé. Nulle croix ne faisait ombre, tout était dans la lumière. Chacun, chez lui, avait son cimetière. La mer, peu à peu, le recouvrait.

Le maître d'équipage, maintenant, passait la porte, tenant à la main un nœud de chaise plombé. Ils l'invitèrent à boire. Il avait les cheveux gris et l'air fatigué.

– Je vous remercie.

L'expression de réprobation muette s'effaçait de son visage.

– Pourquoi ne voulez-vous pas parler de vos pères ? intervint Manuel, en retard. Le mien était pêcheur, il allait jusqu'en Norvège, je crois qu'il avait une maîtresse, là-bas. – Personne ne lui faisant écho, il continua tout seul. – Vous vous imaginez une femme qui attend dans un fjord et emmène l'homme chez elle ?

– Laissons tomber, dit Henri. Il arrive toutes sortes de choses, dans le monde, particulièrement en temps de guerre.

– Mon père a fait la guerre civile.

– Toutes les guerres européennes l'ont été.

– Ne parlons pas de guerre, dit Edoardo, essayons de penser à autre chose.

– Et la cargaison que nous transportons ?

La mer n'avait pas encore purifié les cœurs.

Ils sortirent sur la plage arrière. Ils voyaient les matelots travailler et Tristan sur le pont. L'après-midi s'achevait, à l'occident la vieille muraille de bleu se ravivait dans le vent.

– Fais un saut chez le radio, demande-lui où il en est.

Manuel partit et revint aussitôt.

Le vent de la Méditerranée impliquait seulement quelques corrections de route dans la lumière lacérée. Ils pouvaient quitter le pont et se réunir.

– Messieurs les officiers, dit Edoardo d'une voix qui voulait être calme et presque allègre, nous voilà seuls. Avec votre accord, je suis décidé à poursuivre notre voyage. J'ai fait confiance à un agent qui, je ne sais pour quelle raison, garde le silence. Quand nous serons au port, je chercherai moi-même à qui livrer la marchandise. Je ferai en sorte que tout se passe bien.

Les officiers restèrent immobiles et silencieux sur leurs sièges toujours vissés.

– Nous sommes seuls avec notre conscience, ajouta Edoardo.

– Ce que vous ferez sera bien fait, dit Henri.

Et les autres approuvèrent d'un hochement de tête.

– C'était peut-être justement cela qu'ils voulaient, à Toulon : que je devienne l'unique responsable, dit encore Edoardo. C'est leur jeu.

Il sortit du château, monta sur le pont. Le bateau tenait le cap, la houle s'apaisait sous l'air lourd.

C'étaient les premières heures de la nuit, des ombres se pressaient, bercées par la mer, amis et terres lointaines se rassemblaient. Il voyait Giovanni, Clara, et le prêtre de Pietrabruna. « Je me suis fourré dans une histoire dont je ne sais comment sortir. Vous comprenez, je ne peux laisser les choses à mi-chemin. » Il lui semblait se trouver dans un abîme de douceur sur la terre ferme. Une constellation que, sur le moment, il ne reconnaissait pas glissait sur l'eau et la pacifiait. « Vous comprenez, vous qui habitez sur une colline desséchée, au-dessus d'une mer calme et sans ombre. Vous voyez aussi l'autre côté de ce voyage, pas seulement le côté improvisé et délictueux. »

L'ultime lueur s'éteignait sur la mer comme un crépuscule meurt sur les pins. La constellation brillait. Des papillotements montaient encore dans la symphonie voilée.

Il retourna au carré des officiers. Henri y était resté, les lumières étaient basses.

– Comment est la mer, commandant ?

– Elle calmit et le ciel est étoilé.

– Je vous verse un peu de gin ?

– Merci.

– Vous êtes inquiet de ce silence ?

– Bien sûr, je ne m'en réjouis pas. Je ne me l'explique pas.

De fier, le regard d'Henri se fit tendre.

– Je me suis donné une explication... Nous, mercenaires, nous n'avons droit qu'à leur mépris. Nous subissons les fautes d'une histoire trop longue... Certes, elle fut jadis glorieuse, mais, permettez-moi de vous le dire, ils se sont laissé gagner par l'indécision...

– La nuit, un tas d'idées vous viennent, dit Edoardo.

Henri leva la main dans la lumière faible, fendit l'air comme pour dire : j'ai raison. Et il ajouta qu'autrefois ces choses-là n'arrivaient pas, la parole donnée était sacrée et l'on savait de quel côté on était ; depuis quelque temps tout dégénérait, à force d'hésitations l'Europe allait à la ruine ; il n'y avait plus ni dignité ni douleur, même sur la mer planait l'ange du désordre.

Ils rejoignirent Manuel sur le pont.

– Regardez au-dessus de nos têtes, les étoiles semblent incrustées. Juste un peu de brume à l'occident. Aucun bateau de guerre en vue, et pas de navire marchand non plus.

La houle était contrariée comme s'ils venaient de passer dans un détroit, l'eau envoyait encore un écho de symphonie qui s'éloignait. La tête blanche du maître d'équipage apparut à l'avant.

– Si vous voulez aller dormir, dit Edoardo, je resterai de quart.

Il avait peur que les matelots ne s'alarment en les voyant tous les trois sur le pont.

– J'ai l'habitude des nuits blanches, dit Manuel.

– Je me reposerai un peu ici, dit Edoardo, si tu restes bien éveillé.

Désormais, la discipline des tours de quart était rompue, et il devait se tenir prêt à prendre la barre pour entrer dans le port.

Ils réglèrent la vitesse de manière à entrer au point du jour. Le radar signalait très loin, au large, une masse énorme : peut-être le *Clemenceau* ou le *Kennedy*, les deux porte-avions de garde sur la mer.

Désormais soufflait la brise de terre.

Tous les officiers se retrouvèrent sur le pont, poussés par l'inquiétude.

– Messieurs, nous allons entrer, dit Edoardo. Avec la lumière naissante, nous pourrons contrôler le rivage. Quoi qu'il puisse arriver, il reste entendu que vous ne savez rien de la cargaison ni de la route. Il ne devrait pas se présenter de grands dangers ; mais nous pouvons toujours essuyer un ou deux coups de fusil, et si quelqu'un est touché, paix à son âme.

Ils commencèrent à évoluer prudemment dans la rade.

L'aube comme une phalène blanche se levait sur la terre ferme. Elle rebondissait sur les îlots rocheux, décapitait un écueil, effleurait une barque de pêche dans le port vide, avec ses ténèbres argentées. Puis apparut un village dans une sorte de doline éloignée du rivage. Des gens qui n'aimaient pas la mer, venus des plaines ?

Trop de silence, on ne voyait personne. C'était peut-être un village terrorisé.

Les maisons étaient basses ; dans l'une, une femme devant sa machine à coudre ; sur la place, une fontaine et une église sans faste. Au-dessus des maisons, la route montait à travers les grenadiers. Quelque chose, en haut, luisait parmi les pierres.

– Observe bien, Manuel.

Et il lui indiqua où il devait pointer les jumelles. La main, sur celles-ci, transpirait.

– Maintenant que tu me le dis, je les vois, là-haut, dans les broussailles : ce sont des canons de mitrailleuses.

– Mieux vaut faire demi-tour, mouiller à l'extérieur de la rade.

Ils virèrent de bord en manœuvrant lentement dans la passe. L'équipage était patient, les hommes se comportaient bien.

Le bateau était de nouveau dehors, solidement ancré et mélancolique. Un écueil le protégeait, mais il empêchait aussi de voir la côte.

Edoardo fit descendre la chaloupe.

– Je vais sur l'écueil. J'étudierai un peu le rivage.

– Je viens avec toi, dit Manuel.

– Prends la boussole de poche.

Ils partirent en prenant de travers les vagues vertes éclairées d'un peu d'écume. Sur l'écueil poussaient des fustets pourprés. La côte, soleil dans le dos, tremblait comme un mirage sur la mer.

– Attendons que le soleil monte. On verra mieux.

Dès que le soleil fut plus haut, ils se mirent à regarder. La côte, assez proche, était une succession de pointes et de calanques, mais il y avait aussi une crique d'où partait un sentier. Edoardo observa sur la boussole la direction à tenir pour aborder dans cette crique la nuit venue.

– Restons un peu ici et voyons ce qui se passe. Suis le sentier.

– Il monte, passe au-dessus d'un à-pic, puis disparaît dans le soleil.

Ce bienheureux soleil commençait à se détacher des collines pour les frapper de plein fouet.

– Qu'en dis-tu, Manuel, est-ce là que nous allons rencontrer la mort ? – Ça lui avait échappé, mais il était trop tard. – Je plaisantais, ajouta-t-il.

– *Todos somos mortales, pero no pensamos en la muerte*, dit Manuel, revenu soudain à sa langue.

– Regarde encore attentivement, regarde autant que tu le peux.

– Il y a des pierres et du maquis, et en haut, dans le soleil, on voit des arbres. Tu veux que je te passe les jumelles ?

– L'endroit te plaît ?

– Non, pas vraiment. Mais quelle étrange question...

La lumière effleurait la longue houle qui battait l'écueil, se creusait au large et semblait monter de la mer. Lumière houleuse.

Chapitre onzième

Ils quittèrent le bateau au soir, lui et Manuel, dans un couchant aux ombres grises. Manuel n'avait pas voulu le laisser aller seul.

– Jusqu'ici nous avons agi comme des somnambules de la mer, dit Edoardo dès qu'ils eurent touché terre, dans la crique. Dorénavant, nous devons être plus vigilants, pour ceux qui nous attendent chez nous et pour ceux qui prient pour nous au ciel, s'il y en a.

On y voyait à peine. Ils prirent le sentier qu'ils avaient étudié et qui, très vite, finissait sur une ligne noire, une orée de chênes déjà étoilée.

En haut, un hibou hululait.

– Bon signe. Ça veut dire qu'il n'y a personne.

Ils marchaient contre le vent qui descendait du plateau.

– Qui t'attend chez toi ? demanda Manuel.

– Qui m'attend vraiment ? Peut-être personne. Mais une femme compte sur moi pour résoudre ses problèmes. Elle dort la fenêtre ouverte pour entendre la mer.

– Elle en a besoin à ce point ?

– Elle s'accorde à sa respiration pour dormir. Chez nous, l'haleine de la mer monte par les rochers et les pentes abruptes. Mais ne parlons plus, maintenant. Mieux vaut entendre que d'être entendus.

Le hibou avait cessé ses appels chaotiques. Le vent apportait des souffles qui ne se mélangeaient pas : pierres, maquis, et un froissement solennel de feuilles sèches : hauts chênes, à perte de vue.

Il pensait encore à Clara qui allait souvent s'allonger là où la mer battait fort, les cheveux étalés au soleil comme un drap funèbre.

Ils marchaient en silence, dans le noir, sur un petit plateau. Puis, sur leur droite, apparurent les lumières du village. Ils cherchèrent un sentier pour descendre.

Le village était apeuré et tranquille. La guerre était au-delà des collines, des dorsales rocheuses, peut-être les hommes armés la tenaient-ils en respect sur les crêtes. Il n'y avait personne dans les rues. Sur la place, un vieux parlait tout seul, à voix basse, il semblait prier. Dans l'auberge comble, une humanité indéfinissable, des paysans qui ne l'étaient plus, des pêcheurs qui n'osaient plus aller en mer ou qui n'avaient plus de barques. Vie arrêtée par la brutalité du temps, volée : dans les yeux, dans le brouhaha, les signes d'une douceur rendue stérile. A une table, un homme blessé, l'épaule bandée.

Une jeune femme les aborda. Elle se tenait un peu à l'écart, à la fenêtre, et se retournait pour les regarder, plutôt timide et comme absente. Elle était d'une élégance modeste, vareuse bleue de marin et pantalon moulant. Ils lui répondirent en français et l'invitèrent à s'asseoir. Par chance, elle comprenait.

– Je vous croyais de Zagreb.

– Pourquoi de Zagreb ?

– Des hommes sont venus de là-bas, ces jours-ci.

Ils lui demandèrent qui étaient ces hommes venus de

Zagreb et comment cela se faisait qu'elle parlait si bien français. Elle l'avait appris à l'école, dit-elle, et, de ces hommes de Zagreb, elle ne savait rien. Ils avaient fait leur apparition dans le village deux jours auparavant. Dans le temps, beaucoup de gens venaient en vacances. Elle avait une chambre qui donnait sur la mer et elle la louait. Son mari travaillait en Allemagne, elle était sans travail. Ils avaient été camarades d'école.

– Je n'avais pas de filles comme camarades d'école, dit Manuel. J'aurais bien aimé en avoir une, mais comme vous.

La femme leva des yeux doux, distants, sourit avec tristesse.

– Je me suis mariée adolescente et, à peine mariée, je me suis retrouvée adulte.

– Moi, je me suis retrouvé vieux sur la mer, dit Manuel. Je n'ai pratiquement pas eu de jeunesse.

– Mais vous êtes encore tout jeune, dit-elle, vous n'avez pas l'air d'un homme mûr. Rappelez-vous que c'est dangereux, ici.

– Le village est tranquille, il me semble.

– Mais la route est disputée. On ramène des morts tout le temps.

Les collines étaient parallèles à la mer et la route descendait des collines. Edoardo avait l'impression d'avoir déjà tout compris : un coup aux mains des uns, un coup aux mains des autres, entourée de rochers, quiconque s'y aventurait à découvert était perdant. Il croyait aussi comprendre qui pouvaient être les hommes récemment venus, et il attendait que la femme en parle encore.

Mais ces deux-là semblaient partis dans une idylle. L'écho de la guerre la facilitait. Manuel venait tout juste de quitter la mer, et elle, son mari était loin. Qui sait à quoi ils rêvaient.

– Très bien, dit Edoardo, je vais faire un tour.

Il se sentait attiré par cette terre, ce village encore en paix.

– Non, restez, dit la femme, ne vous exposez pas.

– Quel danger y a-t-il ?

– C'est dangereux de se promener de jour, alors rendez-vous compte, la nuit.

– Il y a d'autres cafés, d'autres auberges ?

– Non, c'est la seule.

Elle les conduisit par des ruelles en rasant les murs. Elle les fit monter chez elle. Sa maison était en forme de tourelle. On voyait la mer.

– Pourquoi a-t-on construit le village si haut ?

– Je ne sais pas. Venez. De cette fenêtre, on aperçoit les montagnes. – Et elle indiqua une muraille abrupte. – Au-delà, ce sont les plateaux.

L'aube était sortie de cette muraille, l'aube qui ressemblait à une grande phalène pendant qu'ils entraient dans la rade. Mieux valait ne pas penser aux choses qui se passaient sur ces plateaux. Elles naissaient de la mémoire tenace du mal. Le temps pour ces peuples était un éternel présent... (C'est ce qu'Edoardo avait entendu dire.) Les siècles se consumaient en un instant...

La femme leur offrit une liqueur.

– Buvons à cette rencontre.

– Je m'appelle Narenta. Vous devriez m'expliquer ce que vous cherchez.

– Peut-être ces hommes que vous dites venus de Zagreb.

– Demain matin, je vous les ferai rencontrer.

– Cette nuit, plutôt : nous ne pourrons pas attendre jusqu'à demain.

– Je peux aller les chercher.

– A moi d'offrir une tournée, maintenant, dit Edoardo. – Et il tira la bouteille de la poche de sa veste. – Le gin porte chance.

Avant de partir, la femme passa la main sur le bras de Manuel.

– Qu'est-ce que tu en dis, on est tombés dans un piège ?

– Je crois qu'on peut lui faire confiance. Et puis on n'a pas le choix, dit Edoardo.

Il souriait en pensant à la mort. Il ne pouvait pas en parler à Manuel, pas encore, ils n'étaient pas assez intimes. Il souhaitait être enterré la face tournée vers la mer. Depuis qu'il avait entendu dire qu'en Franche-Comté des gens, autrefois, se faisaient ensevelir debout, tournés vers Genève. Clara, au contraire, voulait être incinérée.

– Ce n'est pas bon de rester enfermés ici, dit-il. Ouvre la fenêtre et contrôle la route. Si tu vois qu'ils arrivent trop nombreux, file. Retourne sur le *Hondurian* et reprenez le large. Il peut se faire que Toulon donne de ses nouvelles. La mer est la mer, elle a son innocence.

Encore une chance qu'ils soient dans les heures précédant le jour. Dans son village, on n'aimait pas celles qui précèdent la nuit. Sur les chemins muletiers, quand la route était longue, on disait : « Si tu pars dans le noir pour être sur ton champ à l'aube, le trajet n'est pas long. C'est quand tu ne vas pas chez toi qu'il est long. » Lui revint en mémoire le père de son père, grand travailleur et *conteur* invétéré. Même à l'article de la mort (il avait déjà eu les « trois sueurs »), il n'y avait pas renoncé : « Dis-moi, quel jour on est, aujourd'hui ? – Samedi. – Alors ça sera samedi pour toujours. »

Il alla à la fenêtre et regarda la route : au fond, très loin, il y avait une clarté blanche, des roches karstiques. La lune allait se lever. Il revint à la table, sortit un papier de sa poche et se mit à écrire. Il le plia et le donna à Manuel.

– Tu le liras, au cas où je ne reviendrais pas.

Il prononça sans presque s'en rendre compte les paroles du saint :

– *Miserere mei, Domine, quia dalmata sum.*

– Tu as été au séminaire ? Comment sais-tu le latin ?

– J'ai un ami prêtre, dans mon village.

Il eut un sursaut de nostalgie en pensant au bateau toujours dehors, derrière l'écueil, prêt à appareiller, à échapper pour quelques années encore au rendez-vous.

Narenta suivait, détendue, un homme qui marchait avec impétuosité. Derrière la route, la lune se détachait des rochers.

– Restons assis, dit Manuel.

L'homme entra sans changer d'allure.

– Ça fait plusieurs jours que nous attendons, dit-il après s'être présenté.

Il sortit des documents d'un sac. Ils avaient été rédigés à Toulon.

L'homme avait une épaisse chevelure grise. Il était agité et semblait avoir bu.

Il montra que la cargaison avait déjà été payée pour moitié. Il ne comprenait pas pourquoi Toulon ne répondait plus. Il parlait un français trébuchant. Il dit qu'un bateau s'était présenté et avait disparu.

– Procédons avec calme, dit Edoardo. Le bateau n'est

pas loin. Nous pouvons aller le chercher et entrer dans le port demain.

Narenta rangea les documents dans le sac. Puis elle versa à boire.

– A la santé de cette terre tourmentée, dit Edoardo.

L'homme acquiesça avec un sourire. Son regard restait fier, presque farouche. Narenta proposa de les accompagner s'ils retournaient au bateau. Puis elle dit qu'ils pouvaient dormir là s'ils étaient fatigués.

Ils n'étaient pas fatigués et avaient hâte de partir : on les attendait sur le bateau.

– Nous vous sommes reconnaissants, dit l'homme.

Il parla de lui. Il s'appelait Sutej, il était d'Herzégovine. Il était fatigué d'être au monde, ça lui aurait été égal de s'en aller dans l'autre, mais il y avait des femmes et des enfants à protéger.

– Je croyais que vous veniez de Zagreb.

L'homme sourit, un sourire qui finissait dans une sorte de rictus.

– Je viens de Mostar. Narenta a été excessivement prudente.

Manuel regarda la femme et hocha la tête. Cette prudence le rendait-elle soupçonneux ? Pour Edoardo, au contraire, elle était rassurante.

– Tout peut arriver, dit l'homme, de la torture à la crucifixion ; l'instinct tourne à la perversité... Vous me direz : rien de nouveau sous le soleil. La terre a toujours porté le deuil.

Soudain, on entendit une arme crépiter sur la montagne ; puis une cloche se mit à sonner. Un tintement argentin. L'air devait être léger.

– Dépêchez-vous de partir. Entrez dans le port quand vous voulez. Mes hommes sont prêts.

– Vous voulez bien que je vienne avec vous ? demanda Narenta.

Et elle remit sa vareuse.

Un nuage blanchissait, la couleur de la mer se ravivait, la lumière descendait le long des rochers tristes.

– Nous n'avons fait qu'effleurer la guerre, dit Manuel, ça s'est bien passé.

– Attendons pour le dire, attendons d'avoir repris le large.

– Depuis quelques jours, commandant, tu vois tout en noir. En haute mer, tu étais différent.

– C'est vrai. Je ne sais pas ce qui m'arrive.

– Mais pourquoi es-tu ici ? Tu nous as tous posé la question, et tu ne l'as pas dit toi-même.

Edoardo prit son courage à deux mains et le dit. Il avait une femme à laquelle il tenait, et il se sentait pauvre et vieux.

– Cette femme est belle ?

Quand il la regardait (mais cela, il ne le dit pas), il voyait un voilier de rêve qui levait l'ancre.

Le maquis dans lequel ils marchaient était clairsemé, mais on y trouvait éparses toutes les gammes de rouge. Ils voyaient la chaloupe se balancer près du rivage, là où ils l'avaient laissée, et l'écueil qui cachait le bateau. Ils avaient l'impression de retrouver la paix.

– Pourquoi n'as-tu pas voulu que Narenta vienne avec nous ?

– Je croyais que c'était dangereux. Si j'avais su…

A un tournant, ils se trouvèrent devant deux morts, étendus, épousant la terre. L'un avait perdu son béret, il l'avait enlevé et jeté en mourant, l'autre avait une main sur le fusil qu'il portait encore en bandoulière. Edoardo toucha leurs fronts : ils étaient froids, couverts d'une étrange rosée. Ils reposaient sur cette terre dans une posture recueillie et intime, comme s'ils avaient replié leurs ailes.

– Fais attention, ne restons pas à découvert, on peut nous tirer dessus d'en haut.

– Ça m'est égal.

Sur la mer renaissante s'étendait le soleil, des milliers de glycines avec leurs branches en fleur. Ils reprirent leur descente vers la chaloupe.

– Je ne comprends pas : nous, on nous a laissés passer.

– Peut-être que, de là-haut, nous avons été protégés, peut-être que ces deux-là allaient nous attendre dans la crique.

– Tu dois dire vrai, commandant, mais comment le sais-tu ?

– Les choses n'arrivent pas pour rien... Mais j'aimerais me tromper.

Ils relevèrent l'ancre de la chaloupe, partirent à la rame. Le soleil inondait la mer, les rochers de calcaire, le replat des morts.

– *Navegamos ! En derredor todo es misterio y calma. Por qué no cantas, capitán ?*

– *Yo nunca voy alegre.*

Edoardo faisait appel au peu d'espagnol qu'il connaissait.

– *Comprendo : estás náufrago de los mares de la vida.*

Il ne fit pas de commentaires.

Alors l'autre dit encore :

– *Por qué no cantas ? Una cantiga por una señora o por el mar.*

Pourquoi, demanda Edoardo, ne chantait-il pas, lui, si jeune, si amoureux de tout, qui revenait au bateau comme à un *suelo natal.*

Chapitre douzième

Henri dit qu'ils avaient passé une bonne nuit ; il savait que tout irait bien : il avait aperçu dans le firmament des anges qui dansaient. Il parlait sans logique, il avait peut-être bu.

Il régnait une atmosphère confuse et désagrégée de voyage interrompu pour toujours. Mais le bateau fit une entrée solennelle dans le port vide.

Narenta y assistait, assise sur un rocher, au pied de la pierraille. Au soleil, elle avait retiré sa vareuse. L'odeur des buissons de rues descendait par bouffées. Des fleurs fanées prenaient le ton émaillé de l'automne.

Une équipe du pays était là pour décharger le bateau. Narenta vint les trouver avec un homme qu'elle présenta comme député. Il avait une quarantaine d'années, était grand et fort, en manches de chemise.

– Je suis un homme de mer, dit Edoardo comme pour alléger sa conscience.

– Vous ne pouvez savoir le plaisir que vous nous faites. Notre village a été bombardé, ma fille est presque devenue folle. J'ai une fille de six ans... Vous n'imaginez pas ce qui se passe sur les plateaux, vous avez de la chance d'être un homme de mer. Nous avons déchaîné des forces que nous ne pouvons plus contrôler, nos racines plongent dans un mal séculaire.

Edoardo dit qu'il n'y avait pas de terre qui ne soit malade. Il eut un remords et ajouta qu'il ne voulait pas sous-estimer leur douleur. C'était le monde qui n'allait pas. Il n'y avait que sur la mer que s'écoulaient encore quelques heures chargées de paix.

– Là-haut, dans la montagne, ils veulent faire votre connaissance. Notre commandant y est. Je me porte garant de votre sécurité.

Edoardo partit dans une sorte de voiture tout-terrain conduite par le député. Les tournants et les affaissements du sol pierreux modéraient leur allure. Ils montèrent en rasant le berceau des morts en plein soleil. Il pensa que pour ces deux-là, couchés sur la terre, il n'y aurait plus d'autre jour.

Sur le plateau s'ouvrait un amphithéâtre de collines encore investi de lumière marine. L'azur était moins intense qu'en Ligurie : il pâlissait dès qu'il effleurait le sol.

Le commandant tendit le bras pour l'accueillir et lui serrer la main. C'était un bras long et maigre. Sur le visage, tempes et yeux étaient creusés.

Il remercia les marins et la France qui les avait envoyés. Edoardo eut honte de compter les marks qu'il lui donna : il fixa la porte de la bergerie d'où l'homme était sorti et baissa la tête. Le soleil frappait un genévrier. Derrière les hommes et un muret, un azur plus insistant encadrait un sentier. Toutes les autres terres étaient grises ou blanchâtres.

Chapitre treizième

On ne pouvait pas redescendre. Un groupe ennemi avait pris position sur la hauteur d'en face. Il tenait la route sous son tir. Et le soir venait. Il y avait des rouvres ciselés dans le ciel comme des statues. Au-delà de leurs reflets métalliques s'étendait une vigne, protégée par un muret, dont les raisins étaient embués de gelée blanche. « Il faut que je parle, pensait Edoardo, que je dise tout le mal que je pense de mon voyage, et les morts qui ne sont pas encore enterrés, en bas, sur le sentier. »

– Vous devrez passer la nuit ici, dit le commandant. Cette nuit, nous les délogerons.

– Il n'y a pas un endroit d'où l'on peut voir le port ?

– Il est trop abrité.

On voyait la mer glisser sous une ligne de diamants.

– J'attendrai donc, je ne suis pas pressé. Espérons que le port est sûr. Ou n'y a-t-il rien de sûr, dans ce pays ?

– Il est sûr, soyez tranquille.

Des hommes armés et essoufflés arrivaient. Ils jetaient musettes et anoraks sur une table en dalles de grès. C'était une table de bergers, posée sur deux grandes pierres.

Puis apparut un groupe de jeunes gens qui ne posèrent pas leurs fusils. Edoardo comprit qu'ils parlaient de fusiller un homme qu'ils avaient placé, poignets liés, contre le mur de la vigne. La mort était chez elle sur ces hauteurs que baignait déjà la lumière du soir.

« Avec l'obscurité, je pourrai m'en aller, pensait-il, je trouverai bien un sentier pour rentrer, un sentier abrité jusqu'à la mer. »

Il entendit une rafale de mitraillette et fixa la terre pour ne pas regarder. Il imagina les ombres miséricordieuses du soir qui descendaient sur cet homme. Une main lui toucha l'épaule. C'était Narenta ; et il faillit l'embrasser.

– Comment êtes-vous venue ?

– J'étais derrière la vigne, dans une autre position.

– Mais comment êtes-vous montée ? On peut passer ?

– Je suis arrivée en voiture un peu après vous.

– Est-ce que par hasard Manuel serait là, lui aussi ?

– Il nous attend sur le bateau.

Le soir tombait comme une couche de terre avec une grâce austère. Il sentait son sang comme un sédiment marin qui flottait vers quelque chose de très doux. Il regardait les insectes qui, avant l'obscurité, s'affairaient à dérober le pollen du calice bleu de quelques fleurs. Il n'y avait guère de terre, tout n'était que pierre.

– A quoi pensez-vous ? demanda-t-elle.

Il n'y avait plus rien qui puisse lui réchauffer le cœur. Mais il eut une réaction de marin qui sait puiser des ressources dans les espaces et la durée, et il dit :

– Ça passera.

Il était pris au dépourvu, mais il avait vu pire.

Ils parlaient. Mais c'était comme s'ils étaient restés silencieux dans la lumière qui dansait sur les pierres, tandis que volait un insecte aux ailes de verre. Les choses entraient dans sa mémoire et, un jour, elles lanceraient un cri. Il faudrait des années peut-être, de soleil et de mer, pour le guérir. Mais il était vieux, désormais.

– Partez, vous qui êtes jeune.

– Je pensais que je pourrais m'en aller avec vous, sur le bateau.

– Je ne peux pas vous refuser d'embarquer, dit-il, bien que cela n'entrât pas dans ses plans.

Pour lui, sur tout bateau, il y avait une sorte de devoir d'asile.

– Je vous remercie.

Et elle s'éloigna à pas lents vers le mur qui brillait sur l'ombre et les raisins couverts de givre.

Il l'entendait gémir dans la nuit. « *Plus on tue, plus on fait l'amour* », disaient les Français. Qui pouvait savoir vraiment comment ça se passait. Pourquoi une femme décidait de couvrir une tristesse avec de vieux instincts.

Après, le silence s'étendit sur les hamacs et sur le foin où dormaient la plupart des hommes. Edoardo sentait qu'il n'avait pas de pouvoir sur la mémoire, où remontaient les souvenirs : les routes qu'il avait suivies, la terre parcourue en vain...

Il revoyait les crêtes au-dessus de la maison de Clara, et Clara dans toute la beauté de sa douleur antique. Puis il flotta sur un souvenir de la vigne paternelle, avec des amandiers devant le cabanon de pierres sèches.

Le silence, puis des coups de feu, puis un froissement dans le foin.

Au matin, des lambeaux de rêves erraient dans sa tête.

– Vous avez bien dormi ? lui demanda le député.

– Oui.

Clara faisait chauffer le café sur un feu de sarments. Une lumière grise frappait les rochers, les perdrix chantaient.

– Elles étaient belles ces terres, dans le temps. Et vous, d'où venez-vous ?

– D'un pays de vignes, d'oliveraies.

– Pas un pays de mer ?

– De mer ? Je ne dirais pas ça. Il y a un coquillage à l'église comme bénitier.

– Bigots ?

– Pas vraiment… Juste un peu, pour conjurer le mauvais sort.

– La matinée est belle. Vous ne trouvez pas ?

Il baissa la tête. Il revoyait la femme qu'il aimait dans l'air pur, son corps limpide, comme sur le retable d'un autel. Un peu bigot, oui, il l'était peut-être. Même les rochers avaient un fond transparent.

Il parla des champs de vignes. Ils n'étaient pas, dit-il, comme ceux de la Gironde, grands, avec des allées bordées de charmes face à l'océan et aux marées.

– Un peu comme ici, alors ?

– Plus construits ; mais ils tombent en ruine.

Narenta versa le café dans des tasses sans anse posées sur la table de dalles.

– Je vous avais prise pour une autre. Le matin me joue des tours.

– Nous nous ressemblons un peu ?

– Je dirais : par les yeux.

Elle le regarda malicieusement. Combien d'hommes, peut-être, avaient commencé ainsi, pour engager la conversation, en temps normal ?

– Je t'attendais cette nuit, dit-elle au député ; mais tu n'es pas venu.

Ils parlaient en français pour que leurs concitoyens ne les comprennent pas. Edoardo s'éloigna de quelques pas en direction de la vigne et du mort. Sur les raisins et sur l'homme, la gelée blanche s'était épaissie ; seul le soleil pouvait la faire fondre.

Elle vint le rejoindre. Un pas qui craquait.

– Vous ne l'enterrez pas ?

– Il y en a trop, tout autour.

– La pitié n'a plus cours. Trop vieille ?

Elle changea de propos :

– Alors, elle a les mêmes yeux que moi ?

– Je n'aurais pas dû le dire.

Clara n'aimait pas les comparaisons ; elle était ce qu'elle était ; elle ne voulait pas qu'on en parle. Elle ne s'arrêtait pas au côté physique des choses.

– Un peu de courage, parlez-moi d'elle.

(Elle semblait avoir lu dans ses pensées.)

Sur les murets, sur les rochers, le vent brillait. Des montagnes, jusque-là grises, tentaient de se colorer. Il ne savait que lui dire. Il pensait encore à la manière dont Clara se comportait quand elle était en proie aux souvenirs : elle s'agrippait à une fleur, à un buisson, elle écoutait la mer comme une liturgie.

– Elle doit être très belle, dit-elle, en voyant qu'il se taisait.

Le vent, maintenant, parlait à leur place, pas fort, mélodieux comme un chant arménien. Où avait-il vu cette couleur, ce bleu éteint, lointain, que prenait la montagne ?

Le député s'approcha et dit que la route était sûre, et qu'on partirait d'ici peu. Elle avait été libérée par le commandant, presque seul, et celui-ci avait été blessé.

– C'est un brave, ce commandant !

– Dommage qu'il ait toujours dans la tête un Dieu fait livre.

– On peut avoir de tout dans la tête, dit Edoardo.

Il fallait comprendre au vol. Il en avait rencontré des croyances et des fois diverses, quand il naviguait, dans ses meilleures années, ses années d'aventure ! Il aimait parler avec les pères blancs, qui traversaient les déserts et se conciliaient les populations par une harangue.

Ils allèrent s'asseoir à la table de dalles, là où il y avait toujours, sur les buissons voisins, les insectes acharnés de la veille. Ils avaient repris la même vie pour survivre.

Il remarqua que Narenta avait les pommettes de Clara, qui tendaient les yeux vers le haut.

– Vous n'avez pas soif ? demanda-t-elle.

Elle le mena à une fontaine qui murmurait dans une roche. Elle se pencha pour boire. Vêtement lâche, peau fine et claire, offerte aux lames éclatantes du vent mordant de la mer.

– Maintenant que j'ai bu, nous pouvons nous en aller, dit Edoardo.

Il ressentait la tristesse d'une fin de partie. Et on l'attendait sur le bateau.

– Derrière ces collines, on passe d'une bande à l'autre. Vols, pillages et meurtres. Je comprends que vous vouliez vous en aller.

Elle parlait avec calme et de son corps émanait un éclat somptueux.

On ne partait pas encore, un sniper tenait sous son tir le tournant aux lentisques. Un homme était déjà en route pour le liquider. La mort planait au-dessus de sa tête, une mort nue dans ces rochers.

Narenta proposa à Edoardo de faire quelques pas, lui tendit un pistolet.

– On ne sait jamais, dit-elle. Vous savez tirer ?

– Au fusil, je tirais bien.

Il n'avait pas l'intention de s'en servir, à moins qu'il ne soit menacé, et qu'elle, surtout, ne soit menacée. Ce corps doré gisant au soleil : non, il ne voulait pas cela.

Ils passèrent sur une pente raide où le vent agitait des romarins. Lui revinrent en mémoire les romarins et les abeilles de Pietrabruna, les touffes de lavande en harmonie avec le ciel qui les enflammait.

– Ainsi, chez vous, vous avez une femme ? Et elle vous attend depuis toutes ces années ?

– Toutes ces années...

Il essayait de penser à elle, et elle se couvrait de ténèbres.

Mais il savait que, chaque fois qu'il revenait, il la redécouvrait, beauté ignorée. Elle lui racontait des choses incroyables : « Il y a un mois, j'ai jeté une rose dans la mer... » Déjà les ténèbres s'éclaircissaient.

– Et Manuel ? Il a quelqu'un qui l'attend ? questionna encore Narenta.

– Je ne sais pas, il ne m'en a jamais parlé.

– Qu'est-ce que vous diriez si je partais sur votre bateau ?

– C'est déjà d'accord avec Manuel ?

Elle lui répondit par un pauvre sourire.

– Il existe encore sur les navires une sorte de droit d'asile, ajouta-t-il.

Les hauteurs à crête blanche étaient une ombre bleue où ne tombait pas le soleil. Une pointe rappelait le « doigt de Dieu » d'une calanque marseillaise. Un froissement dans l'air, et un vautour se posa sur un arbre. Il gardait, pour se tenir en équilibre, les ailes à moitié ouvertes. « Ce voyage devra bien s'achever d'une manière ou d'une autre, pensait-il. Ils ne vont pas me retenir ici indéfiniment. »

Çà et là, des étendues pierreuses se couvraient d'un bleu trouble. « L'esprit humain est étrange, voilà maintenant que je voudrais aller là-bas. » Là-bas palpitait le cœur d'un peuple perdu.

– Que faites-vous ? dit-elle. Vous avez allongé le pas. Il vaudrait mieux revenir, ici nous sommes trop exposés.

Un homme sortait d'une masure. Il marchait souplement, les pieds adhérant au sol, lent, avec une élégance de berger. « Les marins ne réussiront jamais à être ainsi, nous faisons toujours des embardées. » Un chien au poil fauve le suivait, penaud.

Edoardo le salua en français. L'autre répondit en italien ; il demanda où ils allaient.

– On se promène.

– Chacun est libre d'aller où il veut. Mais ce ne sont pas des endroits pour la promenade. De l'autre côté de cette crête, ils se canardent. Ils m'ont volé mes chèvres. Et encore, je m'en suis bien tiré, par les temps qui courent.

– Vous nous conseillez de faire demi-tour ?

– Je ne vous conseille rien. Vous cherchez les mauvais coups ?

Ils revinrent à la construction où ils avaient dormi. Commandant et député avaient disparu.

– Décidément, tout le monde s'éclipse.

D'abord le silence de Toulon, maintenant il n'y avait plus de responsable.

Ils s'assirent sur le seuil, sur les souches alignées sous un arbousier. Il regardait les sentiers qui descendaient à travers les rochers. « Si tu vas lentement tu sers de cible, et si tu cours... la mort aime ceux qui courent. »

– Je vais attendre encore un peu, dit-il. Jusqu'à midi.

– Ils vont revenir. Vous n'êtes pas bien, ici ?

– Je peux être bien partout. Il y a la vigne, les arbres.

Il était tenté d'aller voir si l'homme au pied du muret avait pris le soleil. Mais il ne bougea pas.

– Pendant ce temps, le bateau attend, dit-il encore.

Deux jeunes gens passèrent, puis un ancien, qui sortaient du cabanon. Il les regarda patrouiller dans le maquis. « Tu parles d'une patrouille ! » pensait-il. Narenta se leva de la souche et se coucha par terre. Elle posa sa tête sur une touffe de thym.

– Cette nuit, j'ai passé un sale moment.

– J'ai entendu.

– Je croyais que vous ne vous en étiez pas aperçu. Vous avez bien fait de ne pas bouger.

Il s'allongea à son tour. Deux nuages tournaient comme deux grands faucons.

– Je pensais que vous étiez consentante.

– Ils vous auraient fusillé.

Il pensa qu'on mourait aussi pour moins que ça, une fois déterrées les haines ataviques. Puis il pensa de nouveau au bateau qui l'attendait. Les hommes de la patrouille étaient revenus, en trébuchant sur les pierres. Ils parlèrent à Narenta dans une langue qu'il ne comprenait pas. La femme montrait la mer.

– Qu'est-ce qu'ils ont dit ?

– Ils voulaient savoir qui vous êtes.

– Ils ne le savaient pas encore ?

Un torrent à sec attira son attention : il pénétrait dans une gorge et contournait un éperon, il allait certainement à la côte. Un bon passage, pour cette nuit, ou même avant, quand les collines projetteraient leur ombre dans l'or du soir.

Sur une crête exposée au soleil, deux hommes se montrèrent et disparurent. Peut-être étudiaient-ils, eux aussi, leur itinéraire, en attendant la nuit pour descendre.

– Gardons notre calme, dit-il.

Il fallait garder son calme et s'orienter dans cette confusion. Il n'y avait plus personne, désormais. Narenta s'était presque endormie et ne parlait plus. Un peu plus haut, là où gisait le mort près des raisins, la lumière formait une sorte de voile blanche.

Un azur liquide, stratifié, naviguait dans le ciel. Le vent vibrait contre une paroi de blocs ourlés d'ombre et de clarté. Il voyait se former devant ses yeux la mosaïque d'un monde vain.

Et puis voilà que la ronde remontait encore une fois vers eux. Ils voulaient lui poser des questions, traduisit Narenta. Il répondit scrupuleusement. Mais quand ils lui demandèrent pourquoi il faisait ça (pour des raisons morales, pour de l'argent ?), il ne sut que dire.

Il se retrouva seul. Narenta était allée chercher quelque chose à manger. Il regardait un chêne : il se dressait sur un rocher et tenait compagnie au vent. Il y avait dans son pays des terres aussi avares autour d'un ultime olivier. Seul manquait le morceau de mer dans le lent cheminement du jour. Il était bien. Ce n'était pas le moment de repartir dans ses souvenirs.

Mais Clara vint faire son coup de main dans sa mémoire : elle se couchait en silence, moins avare que la terre. Et ses yeux ne regardaient rien ni personne.

Des coups de feu résonnèrent de nouveau. Mais Narenta réapparut sur le sentier, un pain sous le bras. Elle posa le pain sur une pierre.

– Il y a du monde, là-haut ?

– Un blessé, et un homme qui le garde.

– Grave ?

– Léger.

– Ils vont le tuer ?

– Si ce n'est pas un des leurs.

Il pensa de nouveau à Clara : « Si je ne reviens pas, je te chercherai toujours sur toutes les mers. »

– Et la patrouille ? demanda-t-il. Je veux dire ceux qui m'ont interrogé.

– Ils tournent toujours.

Il regardait une petite maison solitaire et bien exposée sous les rochers, avec des chênes alignés comme dans un parc ancien. Au-dessus, il y avait la mosaïque, les raisins et le mort. C'était comme un autel auquel seule la mer manquait pour un souffle plus ample. Auparavant, il avait observé la crête.

– Je ne veux pas vous donner d'ordres, dit-il. Mais, à mon avis, l'obscurité vaut mieux, par les temps qui courent.

Maintenant, c'était Narenta qui voulait partir avant le soir, même si les jours raccourcissaient. Et elle lui demanda si la nuit ne lui faisait pas peur.

– Elle ne m'a jamais fait peur. J'ai si souvent pris la route avant l'aube. Si l'air est clair et le ciel serein, les étoiles suffisent pour y voir.

– Vous alliez à la chasse ?

– Je m'en suis dégoûté, dit-il tout de suite.

Les lièvres arrêtés dans leur course lui donnaient des

remords : ils gigotaient sur le dos avant de mourir. Les perdrix s'abattaient en plein vol après le chant du matin.

Elle lui demanda s'il avait eu un chien.

– Un breton. Je ne l'ai plus jamais emmené à la chasse, il est devenu fou.

– C'était un chien fidèle ?

– Fidèle à sa passion. Vous avez déjà vu des chiens de mendiants accroupis sur les marches ? Ça, ce sont des chiens fidèles...

– Vous pensez que nous réussirons à partir ?

– Je pense que oui. Je le souhaite pour vous, puisque vous voulez venir avec nous.

Mais le *Hondurian* semblait encore un mirage, navire chargé d'espoir, proue pointée vers d'autres voyages.

Il observait le terrain alentour. On voyait encore des traces de champs labourés, des traces de terrasses. Çà et là, une tuile bien placée dans le sol, pour faire couler l'eau de la citerne. Une vigne s'agrippait de ses vrilles desséchées à un reste de muret, les sarments verts, déjà dorés par l'automne, pendaient en l'air. Le bois mort supportait le bois vivant.

« Puisse-t-il en être de même pour nous ! » Il se secoua comme pour sortir d'un rêve. Il regarda de nouveau la crête. Des hommes semblaient encore y bouger. Narenta avait peut-être raison. Mieux valait s'en aller. L'après-midi s'annonçait longue et lourde de massacres – il le voyait aux lents mouvements de l'azur.

– Allons vers le lit de ce torrent, dit-il. Les routes sont coupées.

Ils marchèrent jusqu'au lit du torrent, puis dans la gorge qui contournait l'éperon et débouchait au-dessus de la mer. Mais à la fin de cette gorge, sur un rocher à pic, le lit disparaissait. Ils allèrent, sur des galets, au bord d'un précipice.

– Maintenant, il faut trouver un sentier.

Il y en avait un, pas très loin : mais après deux tournants il franchissait un saillant rocheux exposé de tous côtés. Une invite au tir à la cible.

– Il y a sûrement une arme pointée, dit-il encore.

– Sur nous ?

– Sur ce passage.

Ils revinrent à l'idée d'attendre le soir et se cachèrent dans les rochers et les genévriers. Le soleil était encore haut et l'on voyait la mer, guère plus grande qu'un petit champ pierreux.

– Quel dieu a inventé ces lieux, quelle majesté rocheuse ?

– Ils ne vous plaisent pas ? dit Narenta.

Elle était assise, bras sur les genoux, mains croisées. Elle avait ôté ses chaussures et était pieds nus.

– Ils sont plutôt inconfortables.

– Si j'étais riche et s'il y avait une bonne route, je m'y ferais construire une maison.

Il dit qu'il aimait cette idée.

– Comment est la vôtre ?

– Elle est toute fissurée, elle sera bientôt bonne pour les nids des merles bleus. Vous les connaissez ? Ils ont un plumage bleu sombre, un chant doux et mélancolique.

Mais ce n'était pas le moment de penser à sa maison. Il n'y pouvait rien, si elle était plantée sur un éboulis. Ce n'était pas le moment de penser à la renforcer.

Un grand silence descendit. On entendait le ressac. Sur la mer bouillonnait une petite tache argentée, elle semblait vouloir prendre le large.

– C'est ce maudit torrent qui ressurgit. Ici toute l'eau doit couler sous terre.

Des tirs se firent entendre, tirs de diversion et d'ajustement, recouverts de longs silences, puis plus nourris. La lumière du soleil semblait trembler.

– Ils détruisent peut-être la maison où nous étions, nous sommes partis à temps. Espérons que le port est en sécurité.

– Le port est bien défendu.

– Vous en êtes sûre ? Essayez de vous reposer.

Elle restait assise, les bras toujours sur les genoux. Le visage était presque de profil, et la lumière de biais en faisait ressortir les pommettes dans un jeu de force et de tendresse.

– Juste au-dessous, dit-il, doit se trouver un écueil.

On y voyait mal, avec toutes ces taches de soleil, tous ces reflets.

– Je ne peux pas regarder, j'ai le vertige.

– Il ne manquait plus que ça.

Elle lui sourit.

– Qu'est-ce que je peux y faire ?

– Ne vous inquiétez pas. Nous essayerons de marcher de manière à ce que vous ne l'ayez pas.

– Vous voulez déjà repartir ?

– Plus tard.

Contre la haute masse des rochers, le va-et-vient de la lumière. Et derrière l'écueil, là où le bleu se faisait plus épais, apparaissait la proue du *Hondurian*.

– Manuel nous attend peut-être dans une crique qui n'est pas loin d'ici.

Les autres étaient là, derrière cet écueil. Il imaginait leurs propos, leur inquiétude à laquelle ils mettraient fin par un bref remords, sitôt partis. Pour ces hommes habitués à tenir leurs engagements, il était dur de décider de le laisser à terre. C'était peut-être pour eux qu'il avait décidé de poursuivre le voyage après le silence de Toulon, et qu'il allait maintenant étudier la manière de repartir. Même s'il lui semblait qu'une force indépendante de sa volonté le tirait.

Il attendait le soir pour bouger, et cela lui était égal que le jour passe lentement.

Tout près, sur le bord, il y avait un faux tournesol, une *Inula salicina*. Sous la fleur d'un or foncé, elle avait des feuilles dentelées, renversées vers le haut, et la tige glabre. Dans son pays elles poussaient en colonies et recouvraient d'un feu étrange les terres abandonnées.

Un grondement étouffé sembla secouer les rochers : peut-être des blindés, qui montaient en ahanant par l'autre flanc, moins escarpé. Ils devaient suivre une draille pour apporter la ruine et la désolation.

– Je dois vous avouer quelque chose, dit Narenta. Partir me fait mal. Je dois laisser ma mère.

Sa peur était passée.

– Et où est votre mère ?

– Elle vit dans un petit village du plateau.

Elles revenaient donc toujours, ces mères ? Ponctuelles et inopportunes. Les yeux angéliques.

Il ne lui dit pas qu'en cet instant elle ne lui aurait servi à rien.

– Le vertige me reprend.

Elle se collait au rocher, encastrée dans sa lumière.

– Avancez un peu vers moi, détachez-vous et regardez la montagne.

Rochers, maquis et ciel se confondaient, comme s'ils avaient joint leurs mains errantes. Ces terres exposées à l'ouest et investies par le soleil de l'après-midi semblaient former un bloc hors du temps, sans ombre.

– D'ici peu, quand nous ne serons plus visibles, nous nous mettrons en route.

Il avait peut-être eu tort de prendre ce chemin. Pourquoi ne pas avoir attendu en haut que les choses s'arrangent d'une manière ou d'une autre ? Et plus il remontait loin, plus le remords grandissait. Le jour n'en finissait pas, d'étranges terres émergeaient sous le soleil. Existait-il encore quelque part des terres en paix ? Dans son pays, à cette heure-là, les oliviers s'inclinaient vers la lumière du soir. Il pensa aux siens qui avaient dressé des pierres que le temps effaçait.

Une ombre descendit qui semblait venir des origines. La mer se veloutait et, peu à peu, s'étoilait. Le *Hondurian*, derrière l'écueil, disparaissait. « Si au moins Manuel savait que je suis ici, à supposer qu'il soit dans la crique. »

La mer se faisait de sable, avant le lever de la lune.

– Maintenant, on y va.

Il se plaça sur le bord pour s'interposer entre elle et le vide.

– Parlez-moi, à voix basse, mais parlez, et ne regardez pas en dehors du sentier.

– Parlez-moi, vous, je ne sais pas quoi dire.

– Moi, je représente ici les trafiquants d'armes, qui voyagent toujours le long des frontières. Mais je me sens si loin d'eux. Je me suis acquitté d'une mission qu'ils m'ont confiée.

– Posez-moi des questions, dit-elle.

Mais les questions qu'il formulait dans sa tête lui semblaient mal venues. Aussi se taisait-il.

Dans le ciel qui, avant, s'était confondu avec le rocher

apparut la lune. Elle venait paître les genévriers et les dos de pierre. Le vent descendait du plateau et la mer était muette.

– Quand on n'est plus en âge de naviguer, on ferait mieux de se ranger.

– Manuel m'a dit que vous étiez un bon capitaine.

– Manuel est très gentil. Au fond je ne suis bon que pour la Méditerranée, je ne me sentirais plus capable de passer la mare aux harengs.

– C'est quoi, cette mare aux harengs ?

– Oh ! Excusez-moi. Dans notre jargon, c'est l'océan.

– Posez-moi des questions, dit-elle de nouveau, ne parlez plus de vous.

La lune la nimbait de clair-obscur, comme les rochers le long du chemin, et la mer, en bas, avait la splendeur d'une mer de nuages.

– Questionnez-moi encore, dit-elle, surtout n'arrêtez pas maintenant.

Il lui avait posé toutes les questions possibles. Elle n'avait pas d'enfants, nombreux sur ces terres étaient ceux qui n'en avaient pas, parce qu'ils n'espéraient rien de l'avenir ; avec son mari, c'était fini, même s'il lui envoyait un peu d'argent de temps en temps.

– Je vous en prie, n'arrêtez pas.

– Vous aimez la mer ?

– Depuis quelques années.

– Et les arbres ?

– Depuis toujours.

– L'été, l'hiver, les nuages ?

– Je n'y ai jamais pensé.

Un bloc d'harmonie lumineuse se formait sur ces hauts rochers ; il semblait briser le temps toujours en marche.

Le sentier qu'il étudiait serpentait, caillouteux. A un endroit, il remontait en escalier et passait à découvert. « C'est peut-être là que nous attend le messager. Avec un peu de chance, on peut lui donner le change. Si je pouvais trouver un raccourci dans l'ombre. »

– Parlez-moi encore, continuez, ne vous arrêtez pas à l'été et à l'hiver.

(Qui savait ce qu'elle voulait confesser ?)

La brise tourna à l'improviste. Elle montait de la mer, elle en apportait le murmure, la musique insistante. Les « trois temps » avaient commencé. (Ainsi appelait-on dans son pays cette brusque variation du vent qui éclairait les oliviers tandis que l'ombre des collines avançait, joyeuse.) Deux étaient évidents ; mais le troisième ?

Ils firent halte pour écouter. Autour, il y avait seulement des lueurs de rochers, des bruissements de genévriers et de lentisques.

– Vous n'auriez pas une photo à me montrer ? demanda-t-elle, de quand vous étiez jeune ?

– Vous ne seriez pas devenue folle, par hasard ?

– Ça me semblait une requête humaine. Nous partageons la même route. Je vous ai peut-être blessé ?

– De ma vie, je n'ai jamais eu une photo.

– C'était pour vous aimer plus vite.

– Je n'ai jamais eu de photo d'aucune sorte, dit-il.

Il n'avait jamais eu cette manie : la mémoire travaillait toute seule. Il repensa à la photo de Giovanni, un Toulon aux bateaux coulés, un paysage d'astre mort.

C'était une chose à glacer le cœur de tout navigateur.

La mer, avec la saute du vent, avait perdu son aspect de nuage. Un oiseau nocturne passa sur le maquis, sa grande aile feutrée.

– Il faut repartir, maintenant.

A ce moment, des armes de toutes sortes se mirent à crépiter. Rochers et vallons se renvoyaient l'écho.

– C'est triste à dire. Mais s'ils sont occupés à se tirer dessus, nous avons une chance de passer. Regardez par terre et suivez-moi.

– Baissez-vous, maintenant, baissez-vous.

Elle ne soufflait mot.

– Mettez-vous contre le rocher.

L'écho des rafales se perdait sur la mer.

– Adhérez le plus possible. Et surveillez où vous placez les pieds. Vous n'avez pas quelque chose à vous mettre sur les cheveux, quelque chose de sombre ?

Elle tournait vers les étoiles un regard humble.

– Voilà, comme ça c'est mieux.

Ils ne pourraient plus voir cet or qui bougeait.

– Maintenant, il faut monter ces marches en courant.

– Mes jambes me lâchent, dit-elle.

Il la prit par la main. Les marches, taillées dans la roche, étaient couvertes d'une sorte de sable. Cela faisait longtemps que personne n'y était passé.

De l'autre côté, le sentier descendait en pente douce. Ce n'était plus le rocher, mais une friche. (Ces collines ne montraient qu'à la mer une face de pierre.) Puis il devint plat et se dirigea vers l'intérieur. Des arbres se profilaient et, derrière, un campanile. La ligne d'une colline renforçait l'impression de silence.

Ils entrèrent dans le bois, que le sentier traversait, et se trouvèrent de nouveau dans une clairière, devant un petit village.

– Il vaudrait mieux rester à distance, qu'en pensez-vous ?

Un homme les tira de leurs hésitations. Il venait à leur

rencontre ; de sa main à demi levée pendait un mouchoir. C'était un vieux avec une barbe de plusieurs jours, cheveux gris et sans béret. Il parla avec Narenta.

– Qu'est-ce qu'il dit ?

– Que les habitants du village se sont enfuis, et que le peu qui reste se cache.

L'homme et la femme s'assirent sur le bord du sentier. L'homme aux mains ridées ressassait la douleur de sa terre.

– Il me demande pourquoi vous êtes là, dit Narenta.

– Vous pouvez lui dire… Non, ne dites rien.

Les chemins qui l'avaient amené en ce lieu se perdaient sur la mer dans la réfraction de l'horizon.

L'homme indiqua une route. Elle passait par un vallon, dans les chênes. Puis des ormes tremblants firent escorte à leur marche. Derrière ces ormes, une église attaquée par le maquis, un campanile décapité (le temps ? un projectile ?), la cloche gisait à terre. Edoardo dit qu'elle avait sonné son dernier coup en tombant.

– Dans la ville où j'allais à l'école, dit la femme, on sonnait toutes les heures : l'heure catholique, l'heure slave, l'heure turque et l'heure de Jérusalem.

– Et aujourd'hui ?

Au débouché du vallon, la mer apparut : vagues blanches, rivage rocheux. Au nord, une chaîne de montagnes noires, accompagnée par le bleu du ciel, tombait dans une anse qui l'engloutissait.

Il chercha le *Hondurian* : il était derrière l'écueil submergé de blanc. « Espérons qu'ils l'ont gardé en bon état… Mais oui, dans leur délire ils sont précis. »

Chapitre quatorzième

– *Capitan Audouard, la mar au-jour-d'uei es pleno de graci. Nous navegan vers uno terro souleianto e graciouso.*

On ne voyait pas encore la terre et le bleu vers le golfe du Lion était chargé de vent.

– Nous allons peut-être devoir affronter le mistral, dit Edoardo. Espérons que le bateau n'entrera pas en synchronisme avec la houle.

Mais le maître d'équipage sourit. Ils savaient tous les deux que ce n'était pas grave. « C'est peut-être pour moi qu'il a trouvé la mer pleine de grâce, pour me faire fête. »

Il lui demanda s'il s'embarquerait encore.

– *Si trouberai*, dit le maître d'équipage, et il baissa la tête pour montrer ses cheveux blancs.

Il avait un visage qui était au-delà de quelque chose… d'une attente, d'années de mer… déjà fait pierre.

– Votre terre est belle ?

– *Coume uno blanco mar. E la vostre ?*

Edoardo ne répondit pas.

« Il y a dans toute terre, pensait-il, la semence de la mort, elle est bien visible dans la pleine lumière… Il y a des coups de soleil sur des terres suspendues. »

RÉALISATION : PAO ÉDITIONS DU SEUIL
IMPRESSION SUR ROTO-PAGE
PAR L'IMPRIMERIE FLOCH À MAYENNE
DÉPÔT LÉGAL : SEPTEMBRE 1996. N° 23104 (39752)